八座山

Le otto montagne

【推薦序】

時間之地理光澤——說說最好的山岳文學

文化觀察家 詹偉雄

「也許你應該下山，」我說。「也許你才是那個應該改變生活方式的人。」「我？」布魯諾說。「石頭，你忘記我是誰了嗎？」

——《八座山》，頁二三〇

讀完《八座山》，眼眶微濕，它是本成長小說，故事主人翁由故事的開始到結束，已然變成了另一個人，當然，閱讀它的讀者也是。

《八座山》也是一本罕見的山岳文學，近年來我常讀到的此類文學作品，絕大多數都是散文，但它是本小說。如果要講述山岳帶給攀登者的意亂情迷，那麼第一人稱、有憑有據的遭遇體驗，應是最可靠的敘事方法，但如果這座山或這一群山，帶給創作者的，不是那麼一下說得明白的某種魂縈夢繞，那就是小說家的任務了。

但我覺得，爬山爬得厲害的登山者（例如八千米、大岩壁、技術路線或未登峰的追求者），他的人生召喚已經太強，比較沒有餘裕或迷惘，來搭建小說的層次，每一次的刻骨銘心，用散文這種文類來直球對決，才能適度料理內心的澎湃。這或也是爲什麼在歷年的波特曼・塔斯克大山文學獎（Boardman Tasker Prize for Mountain Literature）中，少見虛構類作品的原因，因爲以兩位逝去登山家——彼得・波特曼（Peter Boardman）與喬・塔斯克（Joe Tasker）——爲名的此一獎項，其來歷就是他們一九八二年消失在聖母峰東北脊之前，所出版的精采絕倫散文作品《輝耀之山》（The Shining Mountain）。

《八座山》的作者帕羅・康提不是職業登山家，因此他擁有一種少見的特權，可以用非常徐緩的敘事，耽留於雲霧而不急著穿越雲霧的方式，說出一個故事，這故事圍繞著義大利北部、阿爾卑斯山脈第二高峰羅莎峰群（Monte Rosa）下，一座座孤巔山峰與一個家族、兩位少年各自人生交會卻又逸散的人生，這故事當然必須處理新生與死亡、遺憾與懊惱，但它動人的是：巨大與無言的山，以及四季交迭中輪迴的霜雪與冰河，還有那無數明媚的樹木、岩石，如何以它的不同風景、質地和情意，啓蒙了少年與青年未明懵懂的心智。

而即使對於另一個語言世界的外國讀者，《八座山》讀來少有語境翻越的障礙，因爲只要回到描寫山，就會回到身體的書寫，這種直觀的體驗，只要我們上過山，曾經迷路於山途，就很容易讀得深入，全然地明白：人生中只要有其困惑，山爲何是最妥當的安適之所！

二〇一九年四月十六日，加拿大邦夫國家公園的Howse Peak山區發生一場雪崩，掩埋了三位當代最傑出的登山家，救難的訊息是由其中一位登山者傑西・羅思凱里（Jess Roskelley）的父親約翰（John Roskelley）所發出，因爲他們在約定好下山回電的時間卻音訊全無，身爲資深登山家的約翰敏感有變，立刻撥電話求援。

三位罹難者都是美國登山用品品牌 The North Face 贊助的職業登山家，在他們的個人網頁或 Twitter 上都放上了他們曾說過的話語，描述山與他們自我選擇的命運，其中傑西的這部分是這樣寫道：

「我從小就爬山，但從沒想過它會變成我日常生活的一部分。我親身看到爬山與家庭生活間的糾葛，有多麼艱難。但當我涉入得愈多，我慢慢明白小時候眼中的父親，他當時感受的人生，是什麼。它變成了一種上癮……一種癡迷；沒有了它，我感到失落、一無所用。」

現年三十七歲的傑西是三位遇難者中年紀最大的一位，他在二〇〇三年與父親約翰一齊登上聖母峰，那一年他二十歲，是歷來登上世界最高峰的美國人中，最年輕的一位。為他們報案的約翰，其實是美國登山界的大字號人物，在上個世紀的七〇和八〇年代，完成過許多艱難的攀登任務，其中最著名的，當屬一九七八年美國遠征隊在經歷史上三次可歌可泣的挑戰後，首登八千六百一十一米的世界第二高峰K2，約翰是四位成功登頂的隊員之一，而且他們攀登的路線是無人嘗試過的東北脊和東壁。二〇一四年，法國高山協會將該年度的金冰斧（Piolet d'Or）終身成就獎授予約翰，得獎網頁中的個人簡介，是約翰和他的黑色家犬合影與一輛吉普車前座的照片，平凡中有風霜。

傑西與約翰的人生，摘錄於傑西短短的人生回顧，數語之中，其實已足夠我們捕捉到：山如何地撕扯開家庭，又如何地縫補了缺憾；在登山的生命經驗裡，山如何讓漸行漸遠的父子，在一陣時間與地形的迷霧之後，殊途重逢，於幽暗的時間倒影中，彼此描摹、辨識那逝去的容顏。

於此，《八座山》說出的，就不僅是傑西與約翰的家庭絮語——而是任何一位登山家、戀山者、迷惘行路人的私人傳記，它用一種推陳出新的語言——包括聲音、意象、節奏、句法、拍子、韻腳、敘述手法……讓山奇異而溫暖地進入現代人（不論東方或西方）獨屬的苦難之中，照見我們自我選擇的命運，而且給予一種輝耀的光澤。

當你站在山中的溪流之中，如果腳下濺起的水花是當下，那麼過去來自哪裡？而未來將去向何處？這是敘事者父親拋給少年的問題，答案呢？當然在小說裡；但相信我，答案並不重要！

各界好評

「一本好書，對於我們這些渴望山林的人士而言，是個精采又令人痛徹心肺的故事。少有書籍能如此精準描寫高山如何界定人們的喜樂與行為舉止的正當性，本書也娓娓道來人類之間的友愛之情有多深刻。」

——《斷背山》作者 安妮·普露

「康提會不會是新一代的艾琳娜·斐蘭德（《那不勒斯四部曲》作家）？」

——《書商》

「這本小說以簡單、精準卻又發人省思的文字處理深刻的主題，如友誼、兩代之間的關係，以及如何經營人生。」

——《晚郵報》

「一本雋永的小說。」

——《視野》

「透過必要卻又能喚起往昔美好記憶的深刻文字，康提建構出的短篇小說已是眾人口中的經典作品，無疑可以呼應促成這本小說的大師傑作。」

——《文學評論》

「康提的小說瀟灑地描繪出一段兄弟情誼中的壯麗山景，這段關係果然超越時空限制。」

——《書目》

「這部輕薄的小說建構出驚人的想像空間，含蓄地呼應故事背景中的浩瀚山谷。」

——《Vogue》

「這部令人動容的作品思考人類之於時間、之於大自然的意義。」

——《當代世界文學》

「《八座山》是老派的小說，而且是那種最精采的老派。康提以洗練、閒適的散文體建構出不可思議的故事，講述城市男孩皮耶卓與家人度假時認識高山牧牛少年布魯諾繼而發展的友情。」

——《紐約時報書評》

「令人頭暈目眩的場景安排頗適合本書探討的主題。康提刻劃出登上壯麗山頂所感受到的悲喜交加情緒，因爲攻頂之後更能體悟人類之於大自然有多微不足道。」

——《衛報》

「《八座山》這本書令人嘆爲觀止，捨不得讀完。」

——《每日事實報》

「山岳由岩石、樹木、冰河所組成，山岳象徵衆人和個人的世界，相對立的兩者必須不斷交流、互動。」

——《視野》

「小說風格洗練又清澄，字裡行間流露出美國文學經典作品的磅礡氛圍。」

——《La Lettura》

「這本小說運用簡明卻絕不冷酷的文筆，透過結合青少年成長的故事反思人生。」

——《24小時太陽報》

「寫作風格堅若磐石，背後還隱含梭羅、海明威的寓意。」

——《Luca Ricci》

「這個精采故事講述友誼，講述何謂真男人。」

——《浮華世界》

「這本書有經典作品的氛圍，猶如來自另一個時空的隕石，落入一解人生憂煩的浩瀚書海。」

——《共和國報》

「這本震撼人心的小說敘述三十五歲世代的困境，講述他們面臨的艱難世道，講述他們面對時代考驗的心情，講述他們對捍衛歷史、撫慰人心的高山的想念。」

——《晚郵報》

「這就像展讀一本經典作品，它已然是鉅著。」

——義大利作家 馬可・米希洛利

再見，再見，喜宴嘉賓！
臨別時請聽我進一良言！
唯有愛人又愛鳥獸，
祈禱方能順心靈驗。

——摘自薩繆·泰勒·柯勒律治[1]的《古舟子詠》

1 Samuel Taylor Coleridge（一七七二—一八三四），英國浪漫主義詩人，在文學理論上有重大建樹，對想像力有精闢論述。

父親的登山方式獨樹一格。他不興沉思冥想那套，剛愎自用、目中無人。他會低頭拚命往前，絕不調整步調，總和某個人或某件事爭快慢。如果哪條山路太長，他就從陡峭險坡抄捷徑。和他一起登山絕不能停下腳步，不許喊餓、喊冷，唱首好歌倒是沒問題，尤其碰到暴風雨或濃霧而難以前進時。如果跳進雪地，也能盡情歡呼。

母親在父親少年時期就認識他，她說即使當年他也不等，彷彿要超越前方每個人。只有強健的雙腿能引起他的興趣，她會打趣暗示她也是因爲這個理由才征服他。後來兩人開始登山比快，她卻寧可坐在草地上、將腳泡在溪裡，或認認周圍的藥草、野花。到了山頂，她最喜歡遙望群峰，緬懷青春時期，或是回想自己何時登上那些山、身邊又有誰作伴。那時父親卻覺得失望，只想趕快下山回家。

兩人對往日回憶的反應南轅北轍。父母二十八、九歲時就搬到城裡，離開威尼托[2]鄉間，母親在那裡出生，戰時孤兒的父親則在那裡長大。他們第一座攻頂的山、第一座愛上的山嶺就是多羅米提山脈[3]。他們聊天時偶爾會提到那些山，那時我還太小，聽不懂他們說什麼，卻能感覺到那些特別的音節格外有意義。「卡蒂納丘」、「薩松朗戈」、「朵芬」和「馬爾莫拉達」[4]。只要父親提起這幾個字，母親眼睛立刻閃閃發亮。

後來連我都知道，他們很愛這些地方。他們少年時期跟著某個神父登山，某個秋季早晨，也由這個神父在拉瓦雷多[5]三尖峰山腳小教堂爲他們主持婚禮。這場山間婚禮是建立我們這一家的神話，只是當年遭到外公、外婆的抵制，理由不明。出席婚禮的只有他們的好友，新人穿的是連帽防風夾克，而不是西裝、婚紗；新婚初夜就在奧倫佐的山屋度過。當時大峰的岩礁上已經閃耀著初雪，那天是一九七二年十月的某個週六，登山季已經進入尾聲，他們才剛要開始攜手共度許多年。隔天，爸媽就把皮革登山靴和燈籠褲[6]丟進車裡，帶著母親腹中胎兒和父親的新工作合約前往米蘭。

冷靜不是父親看重的美德，然而在城市生活，這個特質就像呼吸般不可或缺。

---

2 Veneto，義大利東北方的行政區。

3 Dolomites，阿爾卑斯山脈的一部分，聯合國教科文組織的世界遺址。

4 Catinaccio、Sassolungo、Tofane、Marmolada 都是多羅米提山脈的山，馬爾莫拉達是最高峰。

5 Lavaredo，多羅米提山脈中三座並列的石頭山，包括 Cima Piccola、Cima Grande 和 Cima Ovest。

6 plus fours，鬆緊帶褲腳長及膝下四吋的寬鬆燈籠褲。一九二〇年代之後成為受歡迎的高爾夫球等運動服飾。一九五〇、六〇年代也是英國時興的單車運動服飾。

一九七〇年代，我們住在米蘭的公寓，四周沒有屏蔽，面前就是車水馬龍的大馬路。據說柏油路底下就是奧洛納河。雖然這條路每逢下雨就淹水（我會想像黑暗地底暴漲的河川從排水溝沖上地面），但是每一次鬧水災的都是另一條河川，上面駛著四門車、廂型車、機車、馬車、公車和救護車。我們住七樓，是高樓層，道路兩旁兩排一模一樣的建築物更會放大噪音。有時父親忍無可忍，便下床用力推開窗戶，彷彿想放聲大罵這座城市，逼它非安靜不可，否則就要拿滾燙的瀝青對付它。他會站在窗前往下看，然後穿上外套，出去散散步。

我們透過窗戶可以看到大片天空。無論季節如何變遷，那片天空總是白茫茫，偶爾有鳥兒飛過。母親堅持要在小陽台種花，汽車廢氣和雨水帶來的黴斑導致陽台髒兮兮。她一邊照顧嬌弱的植物，一邊向我描述八月的葡萄園、她長大的鄉間、吊在煙燻室架子上的菸草葉，或聊到蘆筍若要鮮嫩、白皙，就得趁它長出土壤之前收割，但是非得特別有天分的農人，才能找到地下的鮮貨。

如今她的銳利鷹眼則用在完全不同的領域。以前她在威尼托當護士，到了米蘭則找到公共衛生人員的工作，地點在西邊市郊藍領階級社區的歐姆尼（榆樹區）。那是當年新興的職位，她上班的家庭診所也是新設立，目的是照顧當地孕婦、追蹤新生兒第一年的成長狀況。這就是母親的職責，她也很喜歡；只是她被指派到某個區域，導致這份工作更像她的使命天職。其實歐姆尼區的榆樹不多又稀疏，這一區的街道名卻是「赤楊」、「冷杉」、「落葉松」、「白樺」，但是當地如同軍營的十二層樓建築充斥各種社會問題，實況與街名根本大相逕庭。母親的工作有一項就是評估兒童的成長環境，她去做家訪之後，往往好幾天都心情低落。如果情節嚴重，她必須向少年法庭報告。做到這個程度，她都會感到悲痛莫名，其間還會遭到一連串辱罵、威脅。儘管如此，她從未懷疑自己做錯決定。對此深信不疑的不只她，其他如社工、教育學家、教職人員都有強烈的休戚與共的心態，覺得這些孩子是他們的責任。

父親則是獨行俠。他是工廠的化學人員，同事有一萬人，工廠不時發生罷工、革職等等，他晚上回家一定滿腔怒火。晚餐時間，他默默盯著電視新聞，緊握刀叉，彷彿隨時等著第三次世界大戰爆發；每次看到新聞報導命案、政府危機、石油飆漲、不明恐怖分子轟炸，他便暗自罵髒話。以前他還會邀請少數同事回家，卻只聊政治，次次鬧得不歡而散。碰到共產黨員，他就反共產黨；碰到天主教徒，他自稱激進人士；碰到基督徒或各種黨員，他又說自己崇尚自由思想。然而這個世道容不下孤狼，父親的同事很快就不再來訪。然而他每早上班，態勢猶如上戰場，晚上還是不睡，凡事鑽牛角尖，因爲頭痛得戴耳塞、服止痛藥；不時就暴怒發火，母親便得立刻採取行動，因爲她認爲嫁給他就有義務安撫他，或消弭父親和外界的摩擦。

他們在家仍然講威尼托方言。在我聽來，那是他們之間的暗語，神祕前世的回音。那種方言是往日的餘韻，如同母親放在玄關小桌上的三張照片，常引我駐足觀賞。第一張是她父母在威尼斯的合照，他們夫妻只旅行過那麼一次，還是外公送給外婆的銀婚週年禮。第二張是母親家在葡萄豐收季的全家福：外公、外婆坐在中間，三個女孩和一個年輕人圍著他們，庭院的籃子裝滿葡萄。第三張是外公、外婆唯一子嗣與我的父親在山頂十字架旁合影。舅舅穿著登山裝，肩膀上繞著一圈繩索。舅舅英年早逝，所以我沿用他的名字，儘管我名叫皮耶卓，他是皮耶洛。但是，這些人我一個也不認識。爸媽從未帶我去拜訪他們，他們也沒來過米蘭。一年總有幾天，母親會搭週六一早的火車離開，週日晚間回家時比出門前更感傷。然後她會漸漸淡忘，畢竟日子還得繼續過下去。太多事情該做，太多人該關心，她非得走出悲傷的陰霾。

然而往昔常在最意外時撲襲而來。我上學、母親到診所、父親到工廠的車程漫長，有時她早上會哼起老歌。她在車陣裡唱起第一段，我們很快就一起唱和。這些歌曲都是第一次世界大戰時期流傳在山區的歌謠，例如〈運兵列車〉、〈蘇嘉納山谷〉、〈上尉的證詞〉。後來連我都能牢記那些歌曲的故事，好比有二十七人前往戰場，卻只有五人返鄉；或是皮亞韋河谷有個十字架，某個母親遲早會找上這座墳；抑或遠方有個女子嘆氣等待未婚夫歸來，最後終於失去耐心，另嫁他人，情人在臨死前還念念不忘，遙寄一吻，只求無緣的女友為他獻上一朵花。我從這些方言歌詞中明白，那是爸媽過去的回憶，同時又覺得事有蹊蹺，彷彿這些歌曲也述說著他們兩人的故事，只是我不知所以然。我的意思是這些歌詞與爸媽有切身關係，否則如何解釋他們歌聲中明顯的情緒波動？

春秋之際，強風吹襲，有時可以看到米蘭街道盡頭的遠山。車子一個轉彎，山頭就會驟然出現在高架橋上方，爸媽會立刻望向山岳，誰也不必提醒誰。山峰白雪皚皚，天空是少見的蔚藍，那種景象帶來的震撼就像親眼見證奇蹟。我們所居住的山腳盡是亂糟糟的工廠、人滿為患的國宅、鬧哄哄的廣場，到處可見受虐兒童、未成年小媽媽；反觀山上，只有茫茫白雪。母親會問那是哪座山，父親環顧左右，彷彿拿著羅盤在城裡定位。「這是哪條路？蒙薩大道還是薩拉大道？那這就是葛里娜山[7]。」他會這麼說。沉吟一會兒之後又補上：「我確定是。」我清楚記得那個故事，葛里娜是個冷血的美麗戰士，爬上高塔去示愛的武士都被她用弓箭射殺，神便罰她化爲一座山。如今她就在擋風玻璃之外，接受我們一家的讚嘆目光，只是我們三人各自懷抱不同想法。接著紅綠燈號誌轉換，行人衝過馬路，有人按喇叭，父親會咒罵一番、倏地變換排檔，加速駛離，拋開先前閒適的心情。

到了一九七〇年代末期，當米蘭進入炎夏時，爸媽重新穿起登山靴。他們沒去東方的故鄉，反而往西去奧索拉[8]、瓦爾塞西亞[9]，瓦萊達奧斯塔[10]，彷彿繼續未完的旅程，繼續征服更高、更險峻的群山。日後母親才告訴我，起初她竟然覺得鬱悶、壓抑。相較於和緩的威尼托、特倫蒂諾[11]，西邊的山谷狹窄、陰暗，猶如窄小隘道般封閉；岩石潮濕、暗沉，到處都是往下傾洩的瀑布、溪流。好多水啊，她心想。當地雨量一定很大。她不曉得那麼豐沛的水量有其特別的源頭，也不知道他們兩人正往水源邁進。他們翻過峽谷，登得夠高才又重見天日，視野豁然開朗，面前就是羅莎山[12]。山頂終年冰雪不融，底下則是夏季放牧的草原。母親又怕又驚，父親卻說他彷彿發現壯觀的層級也是天外有天。以前就像攀登人間的丘陵，後來闖進巨人的千山萬壑，他自然對那些高山一見鍾情。

我不知道他們當天登的是哪座山，是馬庫尼亞加、阿拉尼亞、格雷索尼還是阿亞斯[13]。當時我們每年都在不同地點度假，跟著父親馬不停蹄地攀登各座征服他的山岳。我更記得我們下榻的屋子，只是那些地方恐怕稱不上房舍。我們訂營地的小木屋、青年旅舍的房間，一住就是好幾週。空間都不夠大，無法舒舒服服住下，待的時間也不夠長，不可能對任何事物產生眷戀。但父親不在乎，甚至不注意這類瑣事。

我們一抵達下榻住處，他立刻更衣，從背包拿出格子襯衫、燈心絨長褲、毛衣。他一穿上這些舊衣服，馬上換了個人。他把這些短暫的假期都用來探索山林小徑，大清早就出發，晚上甚至隔天才回來。回來時則是滿身塵土、嚴重曬傷，雖然疲憊

---

7 La Grigna，北義有名的高山。
8 Ossola，皮埃蒙特大區裡的省分。
9 Valsesia，皮埃蒙特大區裡的市鎮。
10 Val d'Aosta，義大利西北部多山的大區，也是該國最小的大區。
11 Trentino，北義的大區。
12 Monte Rosa，位於瑞士和義大利交界處，有數座海拔超過四千五百公尺的高峰。
13 Macugnaga、Alagna、Gressoney、Ayas，義大利西北方的市鎮。

卻很開心。晚餐時，他便聊起岩羚、高地山羊，說到露宿野外的夜晚、滿天星星的夜空，說起高海拔甚至八月就降雪。如果他心情奇佳，最後就會說：「眞希望你們也能一起去。」

問題是母親拒絕攀登冰河，她對冰河有根深柢固的莫名恐懼。她曾說過，就她而言，能力所及的山嶺只有海拔三千公尺，也就是多羅米提山脈。她喜歡海拔兩千到三千公尺的高度，因爲那裡有草原、溪流、森林。她也熱愛一千公尺處的山坡，喜歡那些遍佈樹林、岩石的村莊。爸爸出門登山時，她總愛與我一起散步，在小廣場喝咖啡，在草地上讀書給我聽，或和路人閒聊。母親不愛換住宿地點，只能勉強忍耐，也常懇求父親找個房子讓她佈置，找個村莊讓她落腳。他總說預算不夠，除了米蘭的公寓之外，不可能另外租屋。最後她協商成功，籌出可支配的費用，父親終於答應母親開始找專屬我們的度假小屋。

每晚餐盤一收，父親就將地圖攤在餐桌上，計畫隔天的登山路線。旁邊放著「義大利高山俱樂部」的灰色小冊子，還有半杯他不時啜飲的義式白蘭地。母親則利用這段閒暇坐在扶手椅或床上，專心看小說。在那一、兩個小時之間，她完全進入書中的世界，魂魄彷彿都出竅。我便坐到父親腿上，看看他究竟忙些什麼。那時的他開心又多話，完全不同於我平常在城裡看到的模樣。他很樂意帶著我看地圖，教我如何看懂。「這是冰融河，」他指給我看。「這是湖泊，這是好幾間山屋……看這裡的顏色就能區別森林，知道這是高山草原，這是碎石坡，這是冰河……這些曲線代表高度，曲線越密集，山坡越陡，這一點就表示不能再往上攀登；越稀疏就表示坡度和小徑越和緩。看得出來嗎？這些旁邊有數字的三角形代表山頂的海拔高度，我們要去的就是這些山頂。除非不能再往上走，否則不能下山，明白嗎？」

我不明白，我必須親眼看到，見識那個帶給他無窮喜樂的世界。幾年後，我們開始一起登山，父親宣稱他記得我呼應天命的那一刻。某個早晨，母親尚未起床，父親綁好登山靴的鞋帶正準備出門，一抬頭便看到我全副武裝，準備跟他一起去。我肯定在床上就穿好衣服，站在昏暗光線裡更是嚇到他，當時我看起來絕對不只六、七歲。根據他的說法，那時我已經展現成年的雛型；他看到成年兒子的幻影，見到來自未來的影像。

「你不想睡久一點嗎？」他輕聲問，免得吵醒母親。

「我想跟你去。」我回答，或者該說他宣稱我講了這句。也許那是他希望記住的話。

1

童年的山

Le otto montagne

一

格拉納[14]位於河谷邊緣，經過的人認為那座山谷沒有造訪的必要。這個小鎮周圍是鐵灰色的山峰，又俯瞰懸崖，因此也不可能從底下攀登抵達。懸崖頂端有座廢棄的塔樓，俯瞰植物太過茂密的原野。有條黃土路從主幹道岔出，繞著陡坡一圈圈往上抵達高塔。過了塔樓之後的道路較和緩，繞過山側之後先進入河谷，接著又成為緩坡道路。我們第一次開上這條路是一九八四年七月，農人正在田裡收割乾草。這座山谷比從底下仰望更遼闊，背光那側是森林，向陽那側則是梯田。下方的灌木叢有條不時出現的溪流閃閃發光，那就是格拉納吸引我的第一件事。當時我正在讀冒險故事，教我愛上河川的就是馬克·吐溫。我想到在河邊可以釣魚、潛水、砍小樹做木筏，沉浸在幻想世界時，根本沒注意拐個彎之後的小鎮。

「到了，」母親說。「慢慢開。」

父親的車速慢到猶如步行，打從出發以來，他便乖乖聽從她的指示。他低頭，從車子揚起的飛塵中左右張望，目光掃過牛棚、雞舍、木造乾草棚、焦黑或崩塌的廢墟、路邊拖拉機和牧草打包機。兩隻繫著鈴鐺的黑狗從院子躍出。除了幾間較新的房屋之外，整個村莊彷彿以山壁的灰岩鑿成，猶如緊貼山脈、露出地表的岩層，或年代久遠的坍方土石。再遠一點的山上，則有一群閒適吃草的山羊。

父親不發一語。獨力找到這個地方的母親指引他停車，我們下車拿行李時，她便去找屋主。有隻狗狗邊吠邊走過來，父親的反應卻是我前所未見，他伸手給狗狗聞，對牠輕聲說話，溫柔撫摸狗狗兩耳之間。也許比起同類，他更擅長與狗狗相處吧。

「怎麼樣？」我們解開車頂的橡皮繩時，他問我。「你覺得如何？」

我想回答很漂亮。我滿懷希望下車，乾草、牛棚、木材、燻煙和其他不知名的氣味便籠罩我。然而我不確定這個答案是否恰當，反而回答：「不錯啊。你覺得

14 Grana，位於義大利皮埃蒙特大區阿斯蒂省的市鎮。

呢？」

父親聳聳肩，從行李箱上抬起頭來，瞥了一眼面前的簡陋小屋。屋子歪一邊，若不是旁邊有兩根支撐的柱子，肯定已經倒下。屋裡放滿一捆捆的乾草，有人脫下牛仔襯衫放在上面卻忘了帶走。

「我就在這種地方長大。」他說，但沒透露這是好是壞。

他抓住行李箱把手，正要搬下車時，突然想到另一件事。他看著我，腦中顯然浮現饒富興味的念頭。

「依你看來，過去可以重來嗎？」

「很難。」這麼回答只是不想一開始就行差踏錯。父親常問我這類謎題，因爲他認爲我的智力與他相近，都喜歡邏輯和數學，便認爲他有責任好好開發我的潛力。

「你看那條河，」他說：「看到了嗎？假設河水就是消逝的時間。如果我們站立的地方代表『現在』，你覺得『未來』在哪裡？」

我想了一會兒，問題似乎很簡單。我給出顯而易見的答案：「『未來』就是水流的方向，下面那邊。」

「錯！」父親宣佈答案。「幸好不是。」他似乎如釋重負地說：「嘿咻啊喲。」

他搬重物，包括我時，就會說這幾個字，頭兩個行李箱「砰」地落地。

母親租的房子在聚落較上方，庭院中間有口水槽。屋子的特徵來自兩個獨特的時期，黑松木牆壁、陽台，佈滿青苔的石板屋頂，沾著煤炭汙漬的巨大煙囱都取自可敬的大自然。第二個特徵僅僅只是老舊過時，那個年代的地板都鋪油氈，牆上貼花朵圖樣的壁紙，廚房裝著系統櫃和水槽，而且裝潢都已經褪色、有水漬。如此平庸的陳設中，只有一樣東西還有救，那就是龐大又質樸的黑色鑄鐵火爐，爐子有黃銅把手、四個烹飪用瓦斯爐。這種設備起初一定來自另一個時期、另一個地點。我猜母親最中意的不是屋裡有什麼，而是她找到的房子幾乎空無一物。她詢問房東太太能否稍加佈置，她只回答：「儘管弄。」房子已經閒置多年，她也沒想到那年夏天竟然租得出去。她的態度粗魯，卻不是無禮。我猜她覺得不好意思，因爲她剛從田裡工作返家，來不及梳洗更衣。她遞給母親一把超大的鐵鑰匙，繼續先前說的熱水話題，母親拿出事先準備的信封時，房東太太意思意思推辭了一下。

這時父親已經悄悄溜走。對他而言，什麼房子都一樣，而且他隔天就得回公司。他到陽台抽菸，兩手放在粗糙的木製欄杆上，仔細檢視周圍的山峰。那模樣彷彿觀察評估，計算往後要從哪個角度攻頂。他在房東太太離開之後才進來，省得寒暄，而且一臉肅穆。他說他要出門買午餐，還要趕在傍晚之前啓程上路。

爸爸一離開，母親在屋裡的模樣是我前所未見。一早起床，她便在火爐裡放火種點火，可能抓皺一張報紙，用鑄鐵的粗糙表面劃火柴。廚房煙霧瀰漫，她不以爲意；房間變暖之前，我們都得包著毯子，她也不放在心上；瓦斯爐火力太大把牛奶煮過頭，她同樣無所謂。她在吐司上抹果醬給我當早餐，在水龍頭幫我洗臉、脖子和耳朵，再用擦碗布幫我擦乾，便打發我出門。她要我出去吹風淋雨，才能讓我稍微改善都市小孩尊貴嬌弱的體質。

那時候，我多半到河邊探險。但我有兩個地方絕對不能跨越，一個是小木橋外的上游，因爲那裡的河堤陡峭、縮窄成溝壑；另一個是懸崖底下灌木叢邊的下游。母親站在陽台可以看到我玩耍的這段河道，這一小段對我而言就等於整條河流，我已經夠滿足了。起初河川沿著峭壁往下沖刷，在巨岩之間形成水花細如白沫的急流，我會觀察著河底的銀白倒影。再遠一點的下游，流速變慢，河道蜿蜒，彷彿從少年進入成年，接著繞過長滿樺樹的小島，我就是從這些小島跳到對岸。再遠一點有一堆凌亂的木柴擋住水流，峽谷在此處驟降，先前的冬季曾發生雪崩，壓斷樹幹、枝枒，以致這些木柴如今在水中腐爛。當年我並不了解這些自然現象，在我看來，河流只是遇到阻礙，所以流速變慢。我最後都坐在那裡，看著河面下的水草起起伏伏。

河邊有個放牛的男孩，母親說他是房東太太的姪子。他總拿著一根把手略微彎曲的黃色塑膠棒，目的就是將牛趕到長草區。那群牛共有七頭，都是栗子色，而且每頭都靜不下來。如果有牛隻走遠，男孩就會放聲大罵，偶爾也會邊罵髒話邊把牛趕回來。回程時，他會走到山坡上，轉頭大叫**喔喔喔**，或是**欸欸欸**，牛群就會不甘願地跟著他回牛棚。牛吃草時，他就坐在山坡上看著牠們，用小刀雕塊小木頭。

「你不能坐在那裡。」有一次他對我說話。

「為什麼？」我問。

「會踩壞草皮。」

「否則我要待在哪裡？」

「那邊。」

他指向河流另一邊。我從自己站的地方看不到該如何過去，但我不想問他，也不想經過他那片牧草，結果我沒脫鞋就走進河裡。我努力在水流中站直，不要露出任何猶豫、躊躇，彷彿自己每天都涉溪而過。我終於到了對岸，坐下來時，長褲濕答答，鞋子裡都是水。當我轉頭看他，那男孩已經轉移焦點。

我們就這樣過了好幾天，各自待在河流兩岸，都不屑多看對方一眼。

「你爲什麼不想辦法和他交朋友？」某個晚上，母親在火爐前問我。屋子已經積聚了多年冬季的濕氣，因此我們晚餐時間就用火爐取暖，上床才熄火。我們各讀各的書，偶爾在翻到下一頁之前，我們又會聊幾句，火焰也會突然變旺，巨大的火爐似乎在一旁傾聽。

「怎麼交？」我回答，不知道還能說什麼。

「就說『哈囉』。問他名字，他的牛又叫什麼名字。」

「好，晚安。」我假裝埋頭看書。

說到社交，母親的進度遠超過我。村莊沒有商店，我到河邊探險時，她已經找到可以買牛奶、乳酪的牛棚，找到販售特定蔬果的菜圃、提供木材廢料的鋸木廠。她還和酪農場的小夥子商量好，讓他每天早、晚開小貨卡來收牛奶瓶，順便送麵包和雜貨。我不知道她用了什麼方法，但是我們搬來的第二週，吊在陽台的花籃已經裝滿天竺葵。現在從大老遠就能認出我們家，格拉納有幾個居民也會喊她名字打招呼。

「反正不重要。」我一分鐘後又說。

「什麼不重要？」

「交朋友。而且我喜歡一個人。」

「是嗎？」母親從書裡抬起頭，而且沒有笑容，彷彿覺得事態嚴重。她又補了一句：「你確定？」

因此她決定親自出馬幫我。並非所有人都認同這種做法，但母親深信有必要干涉他人的生活。幾天後，我看到那個趕牛的男孩坐在我的椅子上吃早餐。事實上，我還沒見到人就先聞到，因爲他身上也混合著牛棚、乾草、酸奶、潮濕土壤、柴煙的味道，而且打從那一刻起，我就認定那是山間特有的氣味，日後我到各地登山都聞到相同的味道。他名叫布魯諾·古列米納，格拉納的居民都有同樣的姓氏，但是他堅稱只有他名喚布魯諾。他只比我大幾個月，一九七二年十一月出生。他狼吞虎嚥地吃了母親遞上的小甜麵包，似乎這輩子沒吃過這種餐點。最後我發現，雖然我們兩人在草地上互不理睬，其實不只有我偷偷端詳他，他也默默觀察我。

「你喜歡河流，對不對？」他問。

「對。」

「你會游泳嗎？」

「一點點。」

「釣魚呢？」

「不太會。」

「走吧，我帶你去看樣東西。」

他邊說邊從椅子上迅速起身，我和母親互看一眼，沒多想就追出去。

布魯諾帶我去的地方並不陌生，河流在那裡通過小木橋的影子。我們走到河邊時，他壓低聲音，指示我安靜、躲好。他本來蹲在某個岩石後方，慢慢起身，直到探出頭。他用手示意我先等等，我邊等邊看他，布魯諾有一頭褐黃色的頭髮，脖子曬得黝黑。不合身的長褲折到腳踝加上褲頭鬆垮垮的模樣，活脫脫是漫畫版的成年男子。他的舉止也像大人，聲音和手勢都正經八百。他點頭指揮我過去，我聽命行事。我從岩石後探頭，查看他究竟看些什麼。我不知道要找什麼，岩石外的河流形成一個小瀑布和陰暗的池塘，水深大概及膝。水流湍急，因爲瀑布不斷傾瀉。小池子邊緣有一指深的水沫，斜斜往外伸的斷枝周圍都是水草和腐葉。這個景象並不特別，不過是山林間的水流，卻又能讓人看得目不轉睛，理由實在不得而知。

盯著池塘好一陣子之後，我看到水面有些許波紋，發現底下有動靜。一條、兩條、三條、四條細長的影子出現，吻部面向水流，尾鰭緩慢地左右划動。偶爾會有一個影子突然轉向，停在另一處，有時背部躍出水面之後又沉入水中，然而行進方向一定朝向瀑布。我們的位置比牠們更下游，所以魚兒才沒發現我們。

「那是鱒魚嗎？」我輕聲問。

「就是魚。」布魯諾說。

「一直待在那裡嗎？」

「不一定，有時會換個洞。」

「這是做什麼？」

「捕獵。」他回答，似乎覺得顯而易見，我卻是第一次看到。以前我以爲魚兒都隨波逐流才最不費力，如果逆流而上就會耗盡氣力。這幾條鱒魚擺動尾部，只爲了靜止不動。我眞想知道牠們獵些什麼，也許是掠過水面的蚋，因爲這些蟲子突然停住，可能是遭到鱒魚捕食。我聚精會神地觀察了好一會兒，想研究個所以然，布魯諾卻突然失去興趣站起身，用力揮動手臂，鱒魚瞬間一溜煙消失。我趨前看個清楚，魚兒從池塘中間竄向四面八方。我望向池裡，卻只看到水底的白色、藍色鵝卵石，只好放棄，跟著布魯諾奔向河堤另一邊。

再遠一點有棟建築孤零零地聳立在岸邊，猶如警衛。建築物已經成了廢墟，周圍是蕁麻、荊棘，以及被烈日曬乾的黃蜂窩。鄉間有許多類似的廢棄樓房。布魯諾的手搭在牆上，利用牆壁空隙往上爬，三兩下就站在一樓窗邊了。

「快來！」他從上面探出頭，卻不打算等我。也許他認爲我跟上並不難，所以想都沒想過我可能需要幫忙。也可能是他老早習慣這種生活，無論難易，每個人都得自己想辦法。我盡量模仿他的動作，但小窗台劃傷我的胳膊。我往裡看，布魯諾正要穿過閣樓暗門，走階梯到樓下。我先前便決定，無論天涯海角，我都要跟著他。

昏黑的地下室有個地方又被矮牆分爲四個同樣大的空間，模樣有點像水槽。空氣很悶，飄著霉味和腐爛木材的味道。眼睛漸漸適應黑暗之後，我看到地上丟著鋁罐、玻璃罐、舊報紙、破爛衣服、四只壞掉的鞋子，以及生鏽設備的零件。布魯諾蹲在某個房間角落的白石頭旁，那個石頭被磨得晶亮，形狀就像輪子。

「那是什麼？」我問。

「石磨，」他說完又補充：「就是磨坊用的石頭。」

我蹲到他旁邊。我知道石磨是什麼，卻沒親眼見過。我伸出手，石頭冰涼、滑膩，中間的洞長滿青苔，就像綠色泥巴般黏上你的指尖。胳膊被窗櫺擦傷的位置開始劇痛。

「我們要把它立起來。」布魯諾說。

「爲什麼？」

「才能滾動。」

「滾到哪裡？」

「什麼滾到哪裡？不就是往下滾？」

我搖頭，因爲聽不懂。布魯諾耐著性子解釋：「我們把石頭立起來，然後推到外面，再滾到河裡。魚兒就會從河裡跳出來，我們就能抓來吃。」

這個點子了不起又異想天開，只是我們根本應付不了巨石的重量。然而光想像把石頭滾下去，想像我們兩人有能力完成這等豐功偉業，我就決定不要出聲反對。先前一定有人試過，因爲石頭和地板之間插了兩根樵夫用的楔子，而且深度恰巧足以將石磨抬離地板。布魯諾撿了一根結實的棍子，似乎是斧頭或鐮子的把手。接著就用石頭將棍子搥進縫隙，當棍子整根都被打進去，他便開始調整棍子在石磨底下的位置，最後用腳擋住。

「幫幫忙。」他說。

「怎麼幫？」

我走到他身邊。我們兩人應該利用加總重量往下推，才能抬起石磨，所以我們緊緊壓在棍子上。當我腳離地時，我頓時覺得大石頭動了一下。布魯諾設計的方法沒問題，如果槓桿更牢固，也許行得通。可惜那根木棍被我們壓彎，劈啪聲之後斷成兩半，我們因此摔到地上。他一手受傷之後，大聲罵了一句髒話。

「你受傷了？」我問。

「臭石頭，」他吸吮傷口。「遲早有一天，我會把你搬走。」他爬上梯子，憤怒地往上走。沒多久，我便聽到他跳下窗戶跑走。

那晚，我因為情緒激動，輾轉難眠。我自小就獨來獨往，不習慣和別人一起行動，也深信自己在這方面像爸爸居多。但是那一天，我有不同的感受，那種突如其來的親密情誼令我開心又害怕，彷彿走入全新的未知疆界。為了平復心情，我在腦海中搜尋畫面。我想到河流，想到池塘，想到那個小瀑布，想到擺動尾鰭以停留在原地的鱒魚，想到漂浮的枝葉；接著又想到鱒魚躍身覓食的畫面。我頓時明白，對淡水魚而言，所有物體都來自上游，例如昆蟲、枝葉等。所以鱒魚盯著上游，等待食物出現。如果你站在水裡的位置代表現在，過去就是流過你面前的河水，那些流向下游的水中已經空無一物；至於未來則是從上游來的河水，隨之而來的是危險和驚喜。河谷是過去，未來則在山裡，當初我應該這麼回答父親。儘管前途未卜，命運就在高聳參天的群山當中。

這些想法漸漸消散，我躺在床上傾聽周遭動靜。那時我已經熟悉夜晚的聲音，可以一一分辨。這是水流入飲水槽的聲音，這是夜裡在外晃蕩的狗狗鈴鐺聲，這是格拉納路燈的嗡嗡聲；不知道布魯諾是否也躺在床上聆聽同樣的聲響。母親在廚房翻書，我聽著柴火嗶剝聲，漸漸進入夢鄉。

後來七月裡，我們沒有一天不碰面。不是我去草地找布魯諾，就是他用電線圈住牛群，把電線接到汽車電池上之後，便跑來我家廚房。我覺得，他喜歡的是我的母親，而不是小甜麵包，他很高興得到她的注意。她會開門見山地詢問他，一點兒也不客氣，因為她平常工作也是同樣的態度。布魯諾也直言不諱，很高興來自城裡的客氣阿姨對他有興趣。他說他是格拉納最年幼的居民，也是最後一個留在村裡的少年，因為當地沒有任何發展前途。他的父親大半時間都出去打拚，很少回家，只有冬天才可能返鄉，只要空氣中梢有春天的氣息，他就會再前往法國、瑞士或任何需要工人的工地。他的媽媽卻從未離開村莊，在房舍外的山坡上有個菜園、雞舍，養了兩頭山羊、一個蜂窩，她只對那個小小王國有興趣。我一聽他描述，馬上知道誰是他母親。我常和那名女子擦身而過，她不是推著推車，就是扛著鋤、鎬。她低著頭經過我身邊，似乎對我的存在渾然不覺。她和布魯諾住在伯父家，那個親戚就是我們房東的丈夫，有幾塊草地和乳牛都屬於他。這個伯父和布魯諾的堂兄在山裡工作，他這時指向窗外，我卻只能看到樹林和碎石堆。他說八月就會去找他們，到時會帶著這群被留在山下的牛隻一起上去。

「在山裡？」我問。

「就是山上的草地。你知道**牧場**是什麼嗎？」

我搖頭。

「你的伯父、伯母對你好嗎？」母親插話。

「當然，」布魯諾說。「他們很忙。」

「你會去上學吧？」

「當然。」

「喜歡嗎？」

布魯諾聳肩。即使只是爲了討她歡心，他也說不出口。

「你的爸媽相愛嗎？」

他別開頭，歪嘴做鬼臉。這個表情可能表示不愛，也可能是只有一點點，或是不想聊這個話題。這個反應就足以阻止母親繼續追問，因爲她知道他不喜歡這個問題，否則她絕對打破砂鍋問到底。

布魯諾和我落單時，我們從不討論彼此的家庭。我們在村裡閒晃，而且絕對不會遠離牛群。爲了冒險患難，我們到處探索廢棄建築。格拉納的廢墟遠多過我們所能希冀，有老舊的牛棚、乾草倉庫、穀倉，有貨架生鏽又空蕩蕩的舊商店，還有一座燻黑的古老麵包爐。每個廢棄屋舍都有我先前在磨坊看到的垃圾，彷彿這些地方廢棄之後，還遭人占據、踐踏了一陣子，才完全沒有人煙。有些廚房還有餐桌椅，櫃子裡有一個盤子或兩個杯子，爐子上還掛著一個平底鍋。一九八四年的格拉納住了十四人，但是以前的居民曾多達一百人。

村裡有棟建築物比周遭的房舍更現代、更高大，這是一棟三層樓的白色灰泥樓房，屋外有樓梯，院子的外牆某處已經崩塌。我們就從那裡進去，再跨過已是荒煙蔓草的庭院。一樓的門輕掩著，布魯諾推開門，眼前就是陰暗的玄關，裡面有長椅和木製衣帽架。我馬上知道這是什麼地方，也許是因爲學校都長得一模一樣。但是格拉納的學校現在只用來飼養胖嘟嘟的灰兔子，牠們就從一排鐵籠中害怕地看著我們。教室散發出乾草、飼料、尿液和發酸的紅酒味。以前木製高台上一定有講台，如今只散佈著空罐頭。倒是沒有人敢拆掉遠方那面牆上的十字架，也沒人把推到牆邊的桌子拿去當柴燒。

這些桌子比兔子更讓我感興趣，我走去看個仔細。這些桌子又長又窄，每張有四個洞放墨水瓶，木板都被學生的手磨得晶亮。那些手也在桌子裡用刀子或指甲刻出字母，多半是姓氏的首字母，最常看到的就是代表古列米納的G。

「你認得這些人嗎？」

「有些認得，」布魯諾說。「有些不認識，只是聽過。」

「這是什麼時候留下來的？」

「不知道，學校一直沒開過。」

我還沒機會多問，布魯諾的伯母已經開始呼喚他。我們的冒險總是這麼收尾，不可違抗的命令一旦下達，喊了一次、兩次、三次，始終會傳到我們所在位置。布魯諾先是嗤之以鼻，卻立刻說再見、拔腿就跑。無論我們正在玩遊戲或聊天，他一定馬上放下手邊的事情，我當天都不可能再見到他。

我在舊學校逗留了一會兒，瞧過每張桌子，讀過所有姓名縮寫，試著想像學生的完整姓名。途中發現有個刻痕比較清楚，年代似乎較新近。刀子留下的刻痕在灰撲撲的木桌上非常明顯，我用指腹掠過「G」和「B」，作者的身分昭然若揭。布魯諾帶著我去各個廢棄建築，有些事情我雖然看在眼裡卻不甚明白，這時終於有答案，我漸漸了解這個沒落村莊的祕密。

七月過得很快。我們初來乍到才除過的草已經長高一呎，牛羊沿著小徑走向山上的牧場。我會看著牲口走進河谷深處，傾聽牠們穿過森林時的踏步聲和鈴鐺聲響。之後牛羊又會出現在樹木線[15]上的遠方，猶如停在山邊的鳥群。母親和我一週兩次走反方向，前往河谷底部另一個村莊，那裡的人家也不多。步行過去的路程大概半小時，走完步道彷彿回到現代。酒吧的燈光照亮河上的小橋，公路上往來的車輛清晰可見，樂聲混雜著村民在屋外的說話聲。那裡更熱，當地的夏日氣氛既活潑又悠閒，就像海濱的暑假。一群年輕人圍在桌邊抽菸談笑，不時有人偕同路過的朋友離

15 tree line，森林線以上樹木繼續散生生長，直到分布最高的矮生樹木的生長界線。此線以上樹木就不能生長。

開，他們會開車去河谷更上方的酒吧。我們母子則排隊等著打公共電話，聊到累了才輪到我們進電話亭。父母對話很簡短，他們即使在家都不喜歡閒話家常，聽他們說話就像聽兩個默契十足、不需要多言的老朋友交談。

「山地小哥，」他會這麼說。「最近怎麼樣？登了哪些大山啊？」

「還沒去，但是我已經開始鍛鍊身體。」

「很好，你的朋友好嗎？」

「他很好，但是他就快去山上的牧場，所以我不會再見到他了。上山要一小時。」

「一小時不太遠啊，我們就一起去看他吧，怎麼樣？」

「好啊。你什麼時候過來？」

「八月。」父親說，掛電話前又補上一句：「幫我親你媽媽一下。好好照顧她，聽見沒？不要讓她太孤單。」

我嘴上答應，暗自認爲他才覺得孤單。我可以想像他待在米蘭空蕩蕩的公寓，敞開的窗戶外就是嘈雜的車水馬龍。母親很好，非常開心。我們循原路回格拉納，途中的森林已經夜幕低垂。她會打開手電筒，照亮腳邊，黑夜在她看來並不可怕。

因爲她心情平靜，我便不覺得害怕。我們跟著她靴子前方的晃動光線前進，不一會兒，我就聽到她唱起歌，聲音低沉，彷彿唱給自己聽。如果我認得那首歌，我也會低聲唱和。車聲、廣播聲、年輕人的歡笑聲都逐漸消失在後方，越往山上走，空氣越清新。亮著燈的窗戶尚未映入眼簾，我就知道自己快到了，因爲風吹來炊煙的味道。

二

不知道父親那年發現我有哪些轉變，總之他決定可以帶我一起登山。某個週六，他從米蘭開著他的愛快羅密歐戰車打亂我們的日常步調，而且堅決不浪費短暫假日的任何一分鐘。他帶了地圖打算釘在牆上，拿了簽字筆畫預定路線，猶如要出征擒敵的將領。他爬山有套制服，就是老舊的軍款背包、寬鬆燈籠褲、多羅米提山脈登山客愛用的紅毛衣。母親不想插手，便躲到天竺葵和書裡。布魯諾已經上山放牧，我只能自己去以前玩耍的地點懷念他，所以我很開心有這件事。我開始學習父親置身山林的態度，那是他所給我最接近教育的養成。

我們一早就出發，開到羅莎山腳的聚落，那個觀光景點比我們的村子更時髦。睡眼惺忪的我匆匆瞥過一列又一列的小別墅、二十世紀早期瑞士木屋風格的飯店、一九六〇年代的醜陋公寓，以及河濱的拖車營地。整個村莊還灰濛濛，空氣中還有朝露的濕氣。父親在最早開張的餐館喝咖啡，接著將背包甩到背後，態度之嚴肅堅毅，猶如山區步兵。步道的起點就在教堂後面，過了只供人行走的木橋之後就進入森林，路段立刻變陡。邁開步伐之前，我總是抬頭望天。陽光照著我們上方的冰河閃閃發光，清晨的寒氣凍得我寒毛直豎。

上路之後，父親讓我走在前頭，他離我一步遠，必要時候才能聽到他說話，聽見他的氣息。我必須遵守幾個規則，雖然不多，但很明確。第一，確定步伐快慢之後就維持同樣節奏，不能停下來。第二，不准聊天。第三，碰到岔路，選擇最接近上山方向的那條。他比我喘得更厲害，因爲他抽菸又久坐辦公室。但是他至少一小時都不會答應停下腳步，不准喘口氣、喝口水或是欣賞任何風景。在他看來，森林沒有任何看頭。母親帶我在格拉納閒晃才會指引我看植物、樹木，介紹它們的名字，彷彿每一株都是各有特色的人類。然而父親認爲，森林只是前往山岳的通道。我們低頭穿過，專心調整雙腿、心肺的步調、節奏，默默地細細品味各自的體力勞動。腳下的石礫經過千百年來的鳥獸、人類踩過。有時途中會經過木製十字架、刻著名字的銅牌，或是擺著聖母瑪利亞雕像、供上鮮花的小祭壇，那些角落散發著墓園的陰鬱氣氛。那時我們之間的沉默又有不同的意義，彷彿靜默不語才夠莊重。

只有走出樹林，我才會抬頭。冰河側邊的路徑比較和緩，重新走進陽光底下就會看到高海拔區最後一個聚落。這些房舍不是廢墟，就是形同廢墟，比格拉納更破落，只有一個形單影隻的牛欄、一座堪能使用的水池，以及一間依舊有人整理的小教堂。民宅上方和下方的土地都被整平，石頭攏成一堆堆，人們挖溝渠灌溉、施肥，河堤邊成了梯田，耕種農稼或當成菜園。父親會特別指給我看，提起這些高山居民的口氣充滿無限崇敬。中古世紀從阿爾卑斯山北部遷來的人，就是有辦法開墾窮鄉僻壤，他們有特殊的技術，特別耐寒、能吃苦。現在啊，他說，沒有人受得了山上的寒冬，也無法像幾百年來的先民般自給自足。

我望著殘垣頹壁，努力想像以前的人家，我連他們為何選擇過這種苦日子都不明白。我問起父親，他一如往常，給了一個莫測高深的答案。他總是不說答案，只提供幾條線索，我必須自己想辦法摸索出眞相。

他說：「那不算是他們的選擇。如果有人搬到這麼高的地方，純粹是因爲山下的人不肯讓他們好好過日子。」

「山下有誰騷擾他們？」

「老闆、敵人、神父、部門主管。不一定囉。」

我聽得出他的回答半帶戲謔語氣。他正用池裡的水潑到脖子上，心情比一早出發時快活多了。他搖頭甩掉水珠，抹抹鬍子，望向上方。眼前綿延的山谷沒有任何景物遮住我們的視野，但我們遲早會發現前方有人。父親目光如鷹，馬上就能看到背包或防風夾克的紅色或黃色小點。那些登山客離我們越遠，他指向他們問我的口氣就越急切：「怎麼樣，皮耶卓，要不要追上去？」

「當然。」無論對方在哪裡，我都會這麼回答。

接下來的路程就成了拚命追趕。但是肌肉先前已經有足夠的暖身，我們也還有充裕的體力。我們穿過八月的草地往上走，穿過荒涼的放牧區、漠然的牛群、衝到我們腳邊咆哮的狗兒、扎上我裸露小腿的蕁麻叢。

「抄捷徑，」如果坡道太平緩，父親就會這麼說：「走直線。往這裡走。」

最後小路坡度變陡，我們就是在這些險峻的路段追上獵物。那兩、三個男人大概和父親同年紀，打扮也與他大同小異。他們再次確認我的猜測，這種登山方式果然來自另一個時代，也遵守古老的守則，就連他們讓路的態度也很講究。他們會站到路邊，保持靜止狀態，讓路給我們。對方先前一定看到我們，也拚命趕路，這下見到我們肯定不開心。

「日安，」某人說。「這孩子眞能跑，是不是？」

「都由他決定快慢，」父親會這麼回答。「我只管跟著。」

「眞羨慕他的腿力。」

「沒錯，我們以前也都這麼能走。」

「那當然，只不過是幾十年前的往事了。你們要上山頂？」

「看看能不能走到。」

「祝你們好運。」其中一個會這麼說，對話就此結束。

我們靜靜趕上，也會默默離去。我不可以吹噓炫耀，但是走了一會兒之後，有雙手會搭到我的肩膀，輕輕壓一下，一切盡在不言中。

也許眞如母親所言，我們每個人都有最喜歡的海拔高度，那裡的風景最讓我們心身酣暢。無疑地，她最愛的高度是一千五百公尺處，那裡會有冷杉、針葉樹、落葉松，藍莓、杜松，山杜鵑的樹蔭下還躲著麞鹿。我比較喜歡更高海拔的景色，那裡有高山牧場、急流、濕地、高海拔藥草、放牧的牛羊。更高處便毫無植被，在夏初之前都是皚皚白雪，放眼所及多半是灰色岩石，其間穿插著石英石和黃色的地衣，那就是父親最愛的世界。健行三小時之後，先前的草地、森林消失，取而代之的是碎石坡、隱身冰河盆地的湖泊、山崩鑿出來的山峽隘道、冰水匯聚而成的涓涓細流。高山上的地貌險峻，不宜人居，純淨天然，他在那裡很開心。也許他返老還童，因此回到其他山岳，返回另一個時空。他的步伐似乎越發輕盈，尋回失去的靈活、機敏。

我則是累壞了。因爲筋疲力盡和缺氧，我覺得胃部緊縮，反胃想吐。這種噁心感導致我舉步維艱，父親卻未能察覺。山路到了接近三千公尺處變得較不明顯，碎石坡上只有錐形石塚、隨便亂漆的標示，這時他才扛起打前鋒的任務，也不會轉頭查看我是否安好。即使回頭了，也只是爲了大喊：「你看！」並指向上方山脊。大角山羊盯著我們，羊角就像那片礦物世界的守護者。我抬頭望，山頂似乎遙不可及，鼻孔裡充斥著冰凍雪地和打火石的氣味。

這種折磨會突如其來地結束。我可能跳了最後一次，繞過露出地面的礦脈，瞬間映入眼簾的是一堆石頭或曾經被閃電劈中的鐵質十字架，父親的背包丟在地上，旁邊就是一望無際的天空。我覺得如釋重負多過欣喜雀躍，畢竟山頂沒有任何獎賞等著我們；除了不能再往上走之外，山頂沒有任何特別之處。我看到河流、村莊可能還更開心。

父親到了山頂就陷入沉思。他會脫掉上衣、背心，掛在十字架上晾乾，我鮮少看到他這個模樣。他的前臂曬得紅通通，肩膀健壯蒼白，頸間掛著從不拿下來的細細金鍊，脖子發紅、覆著塵土；打赤膊似乎露出他脆弱的一面。我們會坐下來吃麵包、起司，環視三百六十度的風景。前面就是羅莎山整座山，距離之近，我們可以清楚看到山屋、纜車、人工湖、一長列身上綁著繩索離開瑪格莉特小屋[16]的人。父親會拿出裝著紅酒的水壺，抽掉早上唯一那根菸。

「『羅莎』不是因為這座山是玫瑰色，那是冰雪的古字。那是一座冰雪之山。」

接著他會列出四千級山峰（四千公尺以上的高山），再次從東邊數到西邊。因為登山之前一定要認識它們，培養夠深刻的登頂慾望。坡度溫和的喬丹尼峰[17]、俯瞰喬丹尼峰的皮瑞米德文森峰[18]、矗立著「高峰耶穌」的巴馬宏峰[19]、輪廓模糊到幾乎看不見的派瑞峰[20]；接著是三座尖頂相連的尼菲提峰[21]、桑姆斯汀峰[22]和杜富爾峰[23]；再來便是「吃人山」，也就是有雙峰的列斯卡姆峰[24]；最後則是山形優雅的卡斯托爾峰[25]、粗獷的波魯切峰[26]、輪廓分明的羅洽奈拉峰[27]、樣貌溫和無害的布萊特峰[28]。西邊最後一座則是孤零零的切爾維諾峰[29]，亦即父親暱稱的「大鼻子」，他口氣之親暱，似乎說的只是一個年邁的姨婆。他不肯望向南方的平原，底下瀰漫著八月的煙塵，在那片灰色毯子下就是悶熱的米蘭。

「看起來很小，對不對？」他說，但我卻不明白。我不懂那片壯麗的山景哪裡小，也許他說的是其他事物，他當時在山頂想到的事情。然而他不會感傷太久，一旦抽完菸，他就會甩開哀思，收好東西說：「要不要走了？」

我們快速地衝下山，速度之快，極之危險，還邊跑邊學印地安人發出喊殺聲。

---

16 **Margherita Hut**，位於阿爾卑斯山頂，是義大利和瑞士的邊界。

17 **Punta Giordani**，海拔四千零四十六公尺。

18 **Piramide Vincent**，四千二百一十五公尺。

19 **Balmenhorn**，四千一百六十七公尺。山上有座以二戰廢鐵鑄成的耶穌像，一九五五年之後便矗立於山頂。

20 **Parrot**，四千四百三十二公尺。

21 **Gnifetti**，四千五百五十四公尺。

22 **Zumstein**，四千五百六十三公尺。

23 **Dufour**，四千六百三十三點九公尺，阿爾卑斯山脈第二高峰。

24 **Lyskamm**，四千五百二十七公尺。山脊上有許多雪簷，常發生山崩，因此有「吃人山」之名。

25 **Castore**，四千二百二十六公尺。

26 **Polluce**，四千零九十二公尺。

27 **Roccia Nera**，四千零七十五公尺。

28 **Breithorn**，四千一百六十四公尺，咸認是阿爾卑斯山脈四千級山峰中最容易攀登的一座。

29 **Cervino**，又名馬特洪峰，是阿爾卑斯山脈中最著名的山峰，四千四百七十八公尺。阿爾卑斯山脈中最後被攻頂的主要山峰。

不到兩小時，我們的雙腳已經泡在某座村莊的水池裡。

母親在格拉納也有斬獲。我常看到她待在布魯諾母親耕種的田野裡。只要往那方向望去，一定可以看到她，那個消瘦的身影戴著黃色貝雷帽，彎腰照顧洋蔥和馬鈴薯。她從不和任何人交談，在母親之前也沒人去探望她。她們一個在菜園裡忙，另一個就坐在附近的樹幹殘樁上。遠遠望去，兩人彷彿閒聊了好幾個小時。

「原來她會說話啊！」父親從我們口中聽聞這個奇怪的婦人。

「當然會，我還不認識誰是啞巴。」母親回答。

「眞可惜。」他說，但是她沒心情說笑。她發現布魯諾那年讀完六年級就沒再升學，所以忿忿不平。他從四月之後就沒去過學校，顯然再沒有人插手，他的教育程度就止於小學。這種事情無論發生在小山村或米蘭大都市，母親都同感憤慨。

「妳無法拯救每個人。」父親說。

「但是當年有人拉你一把，我沒說錯吧？」

「的確。但我也得自救。」

「但是你有機會上學。他們沒逼你十一歲就去放牛，十一歲的孩子應該讀書受教育。」

「我的意思是這個案例不一樣，幸好他有爸媽。」

「還眞幸運。」母親做出這個結論，父親沒再回應。他們幾乎從不討論他的童年，即使偶爾提起，他也總是搖搖頭，不再多談。

所以父親和我擔任先遣部隊，奉命去和古列米納家的男人建立交情。他們夏季在高山放牧的草原有三個山屋，就位於溯溪而上的途中，離格拉納約莫一小時的腳程。我們遠遠便看到他們在右側山腰，那裡的山坡較和緩，往下才會再度陡降到穿過村莊的溪流邊。當時我已經愛上那條小河，再度見到頗令我歡喜。這裡的河谷似乎近在咫尺之遠，彷彿上游坍方擋住山谷，導致河谷成了小溪注入的盆地，周圍盡是蕨類、大黃、蕁麻。這段路程泥濘不堪，離開濕地之後，山路遠離河流，再度攀上向陽坡的乾地，通往木屋。河流上方的草原整理得宜。

「嘿，」布魯諾說：「終於見到你了。」

「對不起，我要花時間陪我爸爸。」

「那是你爸爸？他是什麼樣的人？」

「不知道，還可以吧。」

我的語氣已經和他毫無二致。我們十五天沒碰面，一見面就像老友，父親和他打招呼的方式也很熱絡。就連布魯諾的伯父也努力展現熱情，進了木屋之後再出來，手裡多了一片托馬乳酪、醃肉和扁酒瓶裝的紅酒。然而他的表情卻與這些友善的舉動背道而馳，五官似乎刻著最黑暗的念頭。他蓄著亂竄的白鬍子，嘴唇上的八字鬍比較濃密、花白，因爲眉毛高聳以致一臉凶惡，那對眼睛倒是如同天空般湛藍。父親伸手嚇到他，他回握的動作略帶遲疑，也不自然。唯有打開酒瓶倒酒時，他才顯得沒那麼生疏。

布魯諾有東西要給我看，因此我們留下大人繼續喝酒，自己到處亂晃。我細細觀賞他常提起的高山牧場，乾砌石牆、巨大的矩形岩石和手削的屋梁還瀰漫著歷史悠久的莊嚴氛圍；每樣東西上的油汙和塵土又散發新近的貧困感。最長的木屋是牛棚，到處都是蒼蠅，牛糞也堆到門邊。隔壁的屋子則是路易吉與兒子落腳的小屋，破損的窗子用破布擋著，屋頂還有鐵皮修補。第三間是地窖，布魯諾沒帶我去看他的房間，反而邀我參觀這裡。即使在格拉納，他也從未帶我去他家。

他說：「我正在學習當乳酪師傅。」

「什麼意思？」

「就是做托馬乳酪的人。跟我來。」

地窖頗令我意外。裡面涼爽、陰暗，大概是整片牧場最乾淨的地方。落葉松製成的厚重層架剛沖洗過，乳酪就放在架上熟成，表面還抹了鹽水保持濕潤。這些乳酪散發著光澤，圓潤、對稱，似乎為了分出高下而陳列在架上。

「這是你做的？」我問。

「不是不是，現在我只負責翻面。看起來是不是很棒？」

「『翻面』是什麼意思？」

「我每週翻一次乳酪，再撒鹽。然後清洗所有設備，負責整理這裡。」

「這些乳酪眞的很棒。」我說。

屋外有塑膠桶、一堆半腐爛的木材、柴油桶做成的火爐、浴缸改成的飲水槽、散落的馬鈴薯皮和狗兒啃過的骨頭。這裡不只不重視禮節，對萬事萬物顯然有種輕蔑心態，似乎透過不當處理、任其腐壞，就能引起快感，我最近也才剛發現格拉納有這種傾向。這些地方的命運似乎已經底定，善待任何事物只是白費力氣和時間。

父親和布魯諾的伯父已經喝到第二杯，正熱烈討論阿爾卑斯小農的經濟。一定是父親聊起這個話題，只要討論到別人的生活，他對他們的工作最有興趣，例如對方養了幾頭牛、一天能生產多少牛奶，乳酪生產量又如何。路易吉·古列米納很開心有人能討論如此專業的問題，還大聲計算，證明目前的市場價格和酪農的荒謬規定導致他這行毫無經濟效益，他純粹是因爲熱情使然才沒轉行。

「等我死後，這裡不消十年就會成爲一片樹林。到時他們可開心了。」

「你的孩子不喜歡這行嗎？」父親問。

「當然喜歡，只是不願意操死自己。」

我最驚訝的不是聽到他誇誇其談，而是鐵口直斷。我從沒想過草原曾經是樹林，而且還能恢復成當年的模樣。我看著四散吃草的牛，努力想像這裡長滿雜草、灌木，漸漸抹去所有文明痕跡，淹沒水溝、乾砌石牆、小路，最後連房子也不見蹤影。

此時布魯諾已經點燃戶外火爐。不需要任何人交代，便逕自到浴缸舀了一鍋水，開始用小刀削馬鈴薯。他懂得做好多事情，他煮了一鍋義大利麵端到桌上，還準備了水煮馬鈴薯、托馬乳酪、火腿和葡萄酒。這時他的堂哥出現了，是兩個約莫二十五歲的高大健壯青年，他們一坐下就低頭猛吃，偶爾抬頭看看我們，飯後就去打盹。布魯諾的伯父望著他們離開，他撇嘴怪笑，顯然瞧不起那兩人。

父親絕對不會注意到這些細節。他飯後伸個懶腰，兩手枕著後腦杓，抬頭仰望天空，彷彿準備看秀。他說：「多美啊。」他的假期就快結束，此刻已經帶著思念觀賞群山。那一年，他已經沒有機會攻下其他山頂。我們先前登過幾座山，看到碎石坡、山嘴[30]、山峰、連綿的落石、碎石和殘缺的山脊形成的峽谷。那片景色就像經過砲火轟炸的遼闊堡壘，彷彿岌岌可危，隨時會徹底崩垮。對父親這種人來說，這種地貌的確壯麗。

「這些山叫什麼名字？」他問。這倒奇了，我心想，畢竟他每天花那麼多時間研究牆上的地圖。

布魯諾的伯父抬頭，彷彿查看是否下雨，比了一個模糊的手勢說：「格雷諾。」

「哪一座？」

「這座。在我們看來，這就是格拉納的山。」

「這些山峰都是？」

「當然。我們這裡不會幫山峰取名，這一片都叫這個名字。」酒足飯飽之後，他開始對我們感到不耐煩。

30 Spur，河谷兩岸伸出來的山腳，又稱山鼻子、尖坡。

「你去過嗎？」父親窮追不捨。「我的意思是爬上那些山。」

「年輕時去過，和我爸爸去打獵。」

「你去過冰河嗎？」

「沒有，一直沒有機會，不過我很想去。」他坦承。

「我明天想去，」父親說：「帶我兒子去踩踩雪。如果你不反對，也可以帶你們家小朋友一起去。」

原來這才是父親的目的。路易吉．古列米納好一會兒之後才明白他的話。「你們家？」他想起我旁邊的布魯諾，當時我們正跟那年出生的其中一隻小狗玩。但是我們每個字都聽進去了。

「你想去嗎？」他問。

「想。」布魯諾說。

這位伯父皺眉頭。他比較習慣拒絕孩子，而不是答應孩子的要求。不過他可能對陌生人有所顧忌，或者也可能是他突然同情起這孩子。

「那就去吧！」他說，將軟木塞塞回酒瓶，便起身離開餐桌，已經疲倦到只想我行我素。

冰河先喚醒父親體內的科學家，再來才是他登山客的那一面。他因此想起求學時的物理、化學知識，以及塑造他人格特質的神話學。隔天，我們前往梅薩拉馬山屋途中，他說了一個類似古老神話的故事。冰河，他說，是累積多年的冬季記憶，山岳則負責幫我們守護這些記憶。這些歷史就儲存在某個海拔高度以上，如果我們有興趣探究某個古早年代，就得上山。

「那就是所謂的『永久覆雪線』，」他解釋。「那個高度以上就算到了夏季，往年的積雪也不會全部融化，有些會持續到秋季，之後又被新雪覆蓋。這些雪就被保存下來，一點一滴地埋在新雪下方，最後漸漸成爲冰。因此冰河又會多一層，就像樹木的年輪。只要計算這些層次，就知道冰河有多悠久。只是冰河不會永遠留在山頂，它會移動，什麼也不做，就是不斷往下滑。」

「爲什麼？」我問。

「你說呢？」

「因爲冰河很重。」布魯諾說。

「沒錯，」父親回答。「冰河非常重，底下的岩石又很光滑，所以冰河不斷往下滑。雖然速度很慢，但是從未停止，一直滑到暖和到會融化的高度，那就是『融化線』。你們看到了嗎？就在下面那邊？」

當時我們走在似乎是砂礫構成的冰磧上。斜坡底下遠方有凸出的冰和碎石，路上有交錯、縱橫的細流，最後匯集成不透明的小湖，湖水就像帶著金屬光澤的冰塊。

「底下有水，」父親說。「那不是今年下的雪，而是來自山上不知保存了多久的雪，可能是一百年前的冰雪。」

「一百年？真的嗎？」布魯諾問。

「可能更久，很難判斷。必須知道確切的傾斜角度和摩擦力，你們可以先做實驗。」

「怎麼做？」

「很簡單。有沒有看到山上那些冰隙？明天我們就過去，丟個硬幣進去，然後去河邊坐著，看看什麼時候才會再撿到。」

父親大笑。布魯諾不斷看著冰隙和底下凸出來的冰河，顯然他對這個點子醉心不已。我個人對過往的冬季不感興趣，也有預感這回會走得比前幾次更遠、更高。這個時間點也不尋常，下午飄了幾絲雨，到了傍晚，我們已經走在霧裡。沒想到冰磧盡頭竟然有棟兩層樓的木屋，我聞到發電機的廢氣味，知道人煙就不遠了，接著又聽到陌生語言的喊叫聲。入口的木製平台被雪鞋踩得坑坑巴巴，堆了背包、繩索、毛衣、背心和晾得到處都是的厚襪子。登山客拿著待洗衣物，穿著鬆開鞋帶的靴子來回穿梭。

那晚的山屋住滿人。沒有人會被拒於門外，只是有人得睡在長凳，甚至餐桌上。布魯諾和我的年紀比這群人小很多，我們最先吃飯，爲了讓座給其他人，我們一吃完就上樓到寢室，共享一張床。我們穿戴整齊，蓋著一張粗糙的被子，耐心等候睡意來襲。窗外看不到星星或河谷下游的燈光，只見到出去抽菸的人手中燃燒的菸頭。我們聽著一樓的說話聲，他們吃完晚飯之後開始比較隔天的路線圖，討論不穩定的天候、敘述先前在山屋的住宿經驗、以往的登山功績。父親買了一公升的葡萄酒，加入聊天行列，我偶爾會聽到他的聲音。儘管他不太可能攻頂，但是他帶著兩個男童攀登冰山實非易事，他也引以爲榮。他碰到幾個同鄉，便用威尼托方言插科打諢。因爲我生性害羞，都要爲他感到不好意思了。

布魯諾說：「你爸爸懂的眞多。」

「是啊。」

「他肯教你眞好。」

「難道你的爸爸不教你？」

「我也搞不清楚，他好像看到我就生氣。」

我暗忖，父親的確口才辯給，傾聽卻不是他的強項，也不擅長觀察我，否則就會注意到我的身體狀況。我食慾不振，其實最好什麼都別吃，因爲我嚴重反胃。廚房飄來的湯味讓我更不舒服，我得深呼吸，壓抑噁心感，布魯諾發現了。「你不舒服嗎？」

「不太舒服。」

「要不要我去幫你叫你爸爸？」

「不用不用，等等就好了。」

我雙手蓋著腹部保暖。我寧可躺在自己床上，聽母親在火爐前叨叨絮語。我們沒再開口，管理員十點宣佈熄燈之後便關掉發電機，山屋陷入一片黑暗，沒多久，大人紛紛上樓找地方歇腳。白蘭地酒氣濃重的父親也來查看我們，我閉著眼睛，假裝睡著。

我們隔天破曉之前就出發。底下的山谷都是濃霧，天空卻晴朗無雲，呈現珠母色澤，隨著天光漸亮，幾顆星星才慢慢消失。我們出發的時間只略早於日出，打算攻下遠方山峰的登山客早就啓程，半夜便傳來窸窸窣窣的聲音。我們已經看到某些人綁著繩索走到山上，猶如滔滔白浪裡的殘破船隻。

父親幫我們裝上租來的冰爪，並且在我們身上綁上繩索，每人間隔五公尺遠。他打前鋒，接著是布魯諾，最後才是我。繩索繞過我們的防風夾克，在胸前打成複雜的繩結，但是父親已經多年沒打過，所以準備工作費時又辛苦。我們最後離開山屋，但是前方還有一段冰磧，穿著冰爪容易卡住，繩索會妨礙行動，帶著太多裝備更讓我覺得笨拙不堪。然而一踏上雪地，情況不可同日而語。我記得初次踏上冰河的經驗，記得自己的雙腿意外強壯，記得鋼材嵌進堅硬雪地的觸感，也記得冰爪牢固的抓地力。

那天醒來時，我覺得狀況還可以，但是離開山屋，暖意盡失之後，我又開始覺得反胃。父親在前方拚命走，我知道他想趕路。雖然他宣稱只打算走一小段，我懷疑他暗自希望帶著我們兩人攻下某座山頂，讓其他人刮目相看。但是我很不舒服，每走一步都覺得有隻手擰著我的胃。只要停下腳步，我和布魯諾之間的繩索就會拉緊，逼得他也得站定，接著連帶影響到父親。他便會轉身看我，一臉惱怒。

「怎麼回事？」他以爲我故意搗亂。「走了。」

隨著太陽逐漸高升，我們旁邊的冰河出現三個黑影子，原本散發藍色調的雪地白得亮晃晃，幾乎是給冰爪一踩就化。山下的雲朵因爲熱氣漸漸膨脹，就連我都知道雲霧很快就會像前一天一樣往上飄。父親攻頂的願望似乎越來越不實際，但是他不是向現實低頭的人，相反地，他更堅定地往前走。我們途中碰到一個冰隙，他目測寬度之後，毅然決然跨過，將冰鋤插在雪地，將繩索套上去，便把布魯諾拉過去。

我已經對任何事情都失去興趣。日出、冰河、周圍的群峰、隔開俗世的雲海都與我無干，這些脫俗的美景，我通通不在乎，只希望知道還要走多久。我走到冰隙邊，前方的布魯諾正探頭往下望，父親要他深呼吸往前跳。等待時，我環顧四周。底下的山坡有一面變得更陡，冰河也裂成險峻的冰峰。崩塌的冰積物彼端才是我們早上離開的木屋，那裡已經是一片迷霧，我們似乎永遠回不去了。當我望向布魯諾，希望他幫我打打氣時，他已經在冰隙的另一側。父親正輕拍他的背，恭喜他躍過。他稱讚的不是我，我永遠跳不過去。這時胃部一陣緊縮，我將早餐吐在雪地，無法再隱瞞我有高山症。

父親嚇壞了，驚恐地跳過冰隙，衝過來幫我，導致我們三人身上的繩索打結。我沒料到他會害怕，本以爲他會大發雷霆，然而當時我還不知道他帶我們上山有多危險。我們才十一歲，裝備不全、天候不佳。只因爲他剛愎自用，非拖我們上冰河不可。他知道高山症唯一的療法就是回到低海拔，所以立刻開始往下走。他顚倒順序，我打前陣，只要不舒服就停下來。我已經沒有食物可吐，但是還是常乾嘔，吐出一堆口水。

我們很快就走進霧裡。後面的父親問：「你還好嗎？會不會頭痛？」

「好像沒有。」

「肚子還痛嗎？」

「好多了。」我回答，只覺得身體虛弱。

「拿去。」布魯諾給我一把雪，他剛剛握了好一陣子，將雪壓成冰。我吸起雪，因爲這球雪，加上下山令我如釋重負，胃部便舒坦多了。

那是一九八四年某個八月早晨，也是我對那年暑假最後的記憶。隔天布魯諾回高山牧場，父親也返回米蘭。但是那一刻，我們三人同在冰河上的場景永遠不會再重演；無論我們願不願意，那條繩索將我們三人繫在一起。

冰爪老絆著我，我無法走直線。布魯諾就跟在我後面，除了我們在雪地上的腳步聲之外，我很快就聽到他喊**喔喔喔**，那是他領牛群回牛棚的叫聲。**欸欸欸**，**喔喔**

喔。他利用這種叫聲帶我回山屋，因爲我根本走不好，乾脆聽著這些聲音的節奏走，腦中什麼也不想。

「你有探頭看冰隙嗎？」他問。「我的媽啊，還眞深。」

我沒回答。我眼中還有他們兩人的殘影，那模樣親密又得意，猶如一對父子。現在面前的霧和白雪連成一氣，我只能專心別跌倒。布魯諾沒再發問，繼續發出規律的喊聲。

三

那些年的冬季帶給我無限鄉愁。父親討厭滑雪客，不肯和他們打交道。這種運動只滑下山，先前卻不必爬山，滑雪坡道都經過整理，還配有吊椅輸送帶，這一切都令他不以爲然。他討厭這些人，因爲他們成群結隊抵達，最後只會留下一堆垃圾。夏季時，我們偶爾會看到吊椅的鐵塔、卡在老舊滑雪道上的殘缺履帶、高山上的廢棄纜車站或碎石堆中的生鏽鋁罐。

「應該在滑雪場下面埋個炸彈。」父親這麼說，而且絕對不是開玩笑。

看到聖誕節的新聞報導滑雪假期，他也同樣嫌惡。成千上萬旅客從城裡湧進阿爾卑斯山谷，排隊搭纜車上山，再高速滑下我們登山的路徑。他乾脆眼不見爲淨，將自己鎖在米蘭的家。母親曾建議我們當天來回格拉納，我才能看看那裡的雪景，父親只簡短地說：「不用了，他不會喜歡。」冬季的山林不適合人類，我們應該避開。根據他對上山、下山的哲學，或是他認爲上山就是爲了逃避在平地忍受的折磨，登山季之後就該沉澱心靈，應該努力工作，回歸公寓蝸居，重拾抑鬱生活。

我也開始懷念山林，以前不懂父親爲何愁容滿面，如今我也染上這個症頭。現在看到大路盡頭出現葛里娜山，我便開始心神嚮往。我會將「高山協會手冊」當日記般一再拜讀，細細品味書中古意盎然的散文敘述，彷彿就能重新走過書中描述的小徑：**爬上青草茂密的陡峭山脊，便能抵達荒涼的山峰……從這裡穿過四散的巨石與融化的冰原……即可到達窪地旁的山頂**。這段期間，我的雙腿越來越白皙，擦傷或疤痕都痊癒，也忘記被蕁痲扎的痛癢、赤腳涉溪的沁涼，以及曬了一整個下午的烈日後躺回涼爽床單上的快感。冬季的城市無法帶給我同樣的衝擊，我始終透過濾鏡觀察米蘭，鏡片下的城市褪色、朦朧，不過是一天需要穿梭兩次的人群、車陣。站在窗邊看著底下的馬路，格拉納的日子那麼遙不可及，我不禁納悶那是否只是幻想。難不成我是想像或做夢？一旦看到陽台的陽光有所變化，看到分隔島上的草地冒出花苞，發現春季也會降臨米蘭，我就會甩開這種念頭，鄉愁轉爲期待，盼望著再次回到山上。

布魯諾也懷抱著同樣的興奮之情，期盼這天的到來，只是我會來來去去，他只能留在原地。因爲他在高山上，一定隨時密切觀察，否則我們不會才回來不到一小時，他就在院子喊：「石頭！」這是他幫我取的外號。「快來。」他省略任何招呼寒暄，也不噓寒問暖，似乎我們昨天才見過面。的確，分隔幾個月的時空馬上煙消雲散，我們的友誼停留在永遠不間斷的暑假。

布魯諾長得比我快。他身上總沾著牛棚的泥汙，所以不肯進屋。他會靠在露台欄杆上等我，我們自己絕對不會這麼做，因爲欄杆一碰就動，我們深信露台總有一天會塌。他常回頭，似乎擔心有誰跟蹤。他逃離牛群，帶我離開書本去冒險，而且不肯先說，免得減少樂趣。

「我們要去哪裡？」我邊綁鞋帶邊問。

「上山。」他不願意多說，也許他對付伯父，也是這麼裝模作樣。他面露微笑，我只需要信任他。母親信任我，不時複述她不會擔心，因爲她知道我不會做壞事。不會做壞事（不會不顧一切，也不會做蠢事），似乎日後我只會碰到其他危險。放我們出門前，她不會管東管西，也不會三申五令。

我和布魯諾上山無關攻頂。雖然我們走山路進森林，快手快腳走個半小時，總會在只有他知道的地方離開步道，走其他小徑。有時甚至會爬上岩崖，穿過茂密的樅樹林，眞不知道他怎麼搞得清楚東南西北。他走得很快，跟著腦中的地圖找路；那些通道在我看來卻只是崩塌的斜坡，或是極其險峻的峭壁。但是走到最後，兩棵糾結松樹間的岩石會出現裂縫，可讓我們抓住、攀爬，或是乍看之下會錯過的岩架，剛好讓我們輕鬆跨過。這些山路當年可能由鶴嘴鋤開鑿，我問他這些路徑是誰在使用，他會說「礦工」或「伐木工人」，並指出我先前視而不見的明顯線索，例如草叢中生鏽的升降機或起重機。較乾燥的土壤之下還有火燒過的焦黑痕跡，顯然曾放過柴炭爐。森林裡四散著開鑿的坑道、土墩和廢墟，就像死語寫成的句子，布魯諾爲我一一解說。除了這些暗號之外，他教我的方言沒有義大利文深奧。我一到山裡，彷彿就得用物體的具體語言取代書裡的抽象語言，因爲物體本身已經具象化，我可以用自己的雙手摸到、碰到。落葉松是 la bregna；針葉常綠樹是 la pezza；瑞士五針松是 l'aurula；可以擋風遮雨的懸石是 barma；石頭是 berio，我，皮耶卓，也是石頭，我很喜歡這個外號。每條沖蝕出山谷的溪流就是 valey，而每座河谷都有大相逕庭的兩側，adret 是向陽面，有村莊與田野；潮濕又背光的 envers 就任由林子和野生動物占據。但是兩者相較之下，我們反而偏好後者。

我們在那裡不受打擾，還能尋寶獵奇。格拉納附近的森林的確有礦坑，有些隧道口只用木板封蓋，但有人比我們先闖進去。布魯諾說，以前有人在這裡挖到金礦，因此在山林間到處找礦層，但是沒挖出所有黃金，一定還有漏網之魚。有些坑道一片漆黑，幾公尺之後就是盡頭，我們也一無所獲。有些坑道又長又曲折，伸手不見五指，高度頗低，我們很難打直身子。沿著牆壁往下滴的水珠總讓人擔心洞穴隨時會崩塌。我知道這種行爲有多危險，也知道我背叛了母親的信任，因爲在這種地方遊蕩隨時會喪命，一點也不明智；心裡的罪惡感遠遠蓋過冒險帶來的樂趣。我眞希望像布魯諾一樣，有勇氣公開反抗，事後抬頭挺胸接受懲罰。我只能鬼鬼祟祟地陽奉陰違，就算沒被揭發也覺得羞愧。踩在坑道中的水坑搞得雙腳濕答答時，我心裡就想著這些事情。我們從未找到任何金子，沒多久之後就會發現前方已經崩塌，或是暗到根本無法前進，只好原路折返。

回家途中，我們會打劫廢墟，彌補無功而返的失落。我們在森林裡會看到類似山洞的牧人棚屋，建材用的是唾手可得的材料。布魯諾會假裝和我一起發現，我懷疑他早就熟知這些荒廢的木屋，只是假裝沒來過再闖進去比較刺激。我們會偷走缺角的碗或無法磨利的鐮刀，想像那是奇珍異寶，回到村莊之後，便在分道揚鑣之前先分贓。

晚上母親問起我們去了哪兒。

「就在附近轉轉。」我聳肩回答。如今我在火爐前，已經無法給她滿意的答案。

「有看到值得看的風景嗎？」

「當然有，就是森林。」

她哀傷地看著我，彷彿已經失去這個兒子。她深信，兩人之間的沉默就是往後所有煩惱的源頭。

「我只想知道你們平安無事。」她不再追問，任憑我繼續沉思。

母親在格拉納奮鬥的其他戰役，她倒是立場堅定。打從一開始，她就將布魯諾的教育當成自己的聖戰，但是她也知道無法光靠自己，她得聯合他家的女人。她發現，布魯諾的母親完全幫不上忙，便轉攻他的伯母。母親的作戰策略如下，先進入他伯母家，往後每次去的態度都非常友善，卻不失堅持，絲毫不肯讓步，最後那位伯母終於同意讓他冬天去上學，夏天則到我們家做功課；這已經是一大讓步。我不知道布魯諾的伯父作何感想，也許他在山上的牧場咒罵我們。也許，他們家根本不在乎這孩子。

我記得布魯諾和我在廚房溫習歷史、地理，只能對森林、河流、天空的呼喚充耳不聞。他一週來我們家三次，還會特地梳洗、穿戴整齊。母親請他大聲唸我的書，例如史蒂文森[31]、凡爾納[32]、吐恩[33]和傑克．倫敦[34]的作品，課後還請他帶回去牧牛時繼續練習。布魯諾愛看小說，文法卻讓他頭痛不已，簡直就像學外文。看到他搞不清楚義大利文規則、拼錯字或不知道該選哪個連接詞，我都爲他羞愧，也很氣母親。我不明白強迫他的理由，但布魯諾一句話也沒抱怨。他知道這件事對她多重要，也可能因爲從未受到別人的重視，他因此努力學習。

夏季中只有少數幾天，他可以和我們一起散步，那就是他的假日，因爲認眞讀書所得到的獎賞；可能是父親帶我們去爬山，或母親領我們到草地上鋪毯子野餐。儘管布魯諾天性不羈，這時卻改頭換面，遵從我們家的規矩或慣例。他在我面前就像個大人，在我父母跟前則開心地退回實際年齡。他肯讓我母親餵他、幫他打扮；爬山時，布魯諾會緊跟著我的父親，全神貫注聽他解釋說明；我從他的這些行徑得

31 應該是蘇格蘭作家 Robert Lewis Balfour Stevenson（一八五〇—一八九四），《金銀島》的作者。
32 應該是法國小說家 Jules Gabriel Verne（一八二八—一九〇五），著有《環遊世界八十天》等。
33 應該是美國作家 Mark Twain（一八三五—一九一〇），著有《湯姆歷險記》等。
34 John Griffith "Jack London" Chaney（一八七六—一九一六），著有《白牙》等。

知布魯諾極尊重他，甚至到了奉承諂媚的程度。這些都是平凡的家庭生活點滴，只是布魯諾從未體驗過。有一部分的我覺得自豪，彷彿這些時刻是我贈與他的禮物。有時，我會觀察他和我父親之間的互動，揣測他們的默契，心想布魯諾當他兒子再適合不過，也許不比我好，但就某方面而言又強過我。他有許多問題可以問我父親，而且問得自然而然，毫不遲疑。他有足夠的自信接近我的父親，也有體力跟隨他上山下海。這些念頭一浮現，我就壓抑著不多探索，彷彿我該引以爲恥。

最後布魯諾不僅通過中學一年級、二年級、甚至三年級的考試，還拿到「普通」的評語。這在他家是大事，他的伯母立刻打到米蘭分享好消息。我心想，這個評語還眞妙，納悶究竟由誰評等，因爲布魯諾渾身上下沒有一點「普通」。母親則是欣喜若狂，下次回格拉納時，更帶了一盒雕刻木材的鑿子當獎品。她開始自問，還能爲他多做哪些事情。

一九八七年的夏季，我們那年滿十四歲，整個月都有計畫性地探索河流。這次不是從堤岸或橫過河流的森林小徑觀察，而是在水裡探險，可能從河床這顆岩石跳到另一顆，或是涉水而過。我們以前沒聽過蹦谷[35]，當時是否有這項運動都不得而知，總之我們就是做這件事，只是逆向而行，從格拉納的橋梁順著河谷往上游攀爬。

我們在村莊上方進入水流和緩的窄長峽谷，夾岸有茂密的樹蔭。幾個大水池蚊蟲肆虐、漂流木交錯堆積，警敏的鱒魚察覺我們接近便四散逃竄。更上方的山坡陡峭，河流筆直向下傾瀉，形成許多激流、瀑布。如果我們無法爬上去，就靠繩索跨越。否則就是將斷裂的樹幹推到水上，卡在岩石縫隙之間充當浮筒。有時僅僅一個瀑布就夠我們忙上幾小時，所以才更有成就感。我們事先計畫，再一個個克服障礙，最後暑假結束前，我們已經可以在一天內攀登完整座河流。

然而我們必須先找出河流源頭。八月國定假日之前，我們已經攀爬到布魯諾伯父地盤的上方，那裡有條支流供應高山農場的水源，過了這個分岔處不遠，就有座木板拼湊的簡陋小橋。再往上走，河道縮窄，走起來已經很輕鬆。因為林木稀疏，我知道我們已經到了海拔兩千公尺。河堤的赤楊、白樺不復見，所有樹木都變成整齊劃一的落葉松，我們頭頂的世界只有岩壁、石頭，也就是路易吉．古列米納口中的「格雷諾」。這時的河床已經沒有水流沖蝕的模樣，僅餘一片岩屑。腳下的河水

35 canyoning，從峽谷的水源高處涉水下行，有時要游泳、跳水、漂浮，有時滑岩、攀岩等。

徹底消失，遁入石灘底下，蓄積在歪曲的杜松樹根裡。

我沒想到我的河流源頭竟是這副模樣，倍感失望，轉頭望向落後幾步的布魯諾。他整個下午都很沉默，彷彿有心事。每當他陷入這種情緒，我只能靜靜跟在後面，暗自希望他趕快振作。

他一看到湧泉，馬上打起精神，看我一眼就察覺到我有多失落。「等等喔。」他說，示意我別說話、豎起耳朵，仔細觀察腳下的石礫。

那天不像悶熱的盛夏，並非平靜無風。一陣寒風吹過溫熱的石頭，掠過植物時，除了帶走毛茸茸的種子，也吹出窸窣響聲。仔細傾聽之後，除了枝葉搖曳的聲音之外，我還聽到汩汩水聲。那聲音不同於地面的水流，更深、更模糊，似乎來自碎石堆下。我瞭然於心，順著聲音往上爬，就像拿著卜杖的水巫[36]，一心想找出聽得到卻看不到的水源。布魯諾已經知道答案，只任由我領路。

結果找到隱藏在格雷諾山腳盆地的湖泊。那座圓形湖泊直徑約有兩、三百公尺，是我在山裡看過最大的湖。除非事先就知道，否則高山湖泊最不可思議之處，就是登山客永遠料不到。總要翻過山脊，視野突然開闊才能看到。盆地的向陽面都是碎石堆，目光漸漸移向背光面，起初只會看到大片的柳樹、杜鵑花，遠方有更大片的樹林，中間則是湖泊。經過仔細觀察，我便明白這座湖泊的形成原因。從布魯諾伯父的放牧場可以看到久遠以前的雪崩，那次雪崩將山口封住。因爲周圍注入的融雪，這裡變成了堰塞湖，經過碎石坡過濾，才又重新出現在山下，形成我們所熟悉的河流。我很開心找到這樣的源頭，對我而言，這種起源足以造就一條名川。

「這座湖叫什麼名字？」我問。

「不知道，」布魯諾說：「格雷諾吧。這裡所有東西都是這個名字。」

他又恢復先前的陰鬱心情。他在草地上坐下，我繼續站在他身旁，望著湖泊總好過相看兩無言。幾公尺前方的湖裡凸出一塊小島般的巨岩，正好讓我的目光有地方停留。

「你爸媽和我伯父談過，」半晌之後，布魯諾開口。「你知道嗎？」

「不知道。」我說謊。

「怪了，我完全搞不懂。」

36 dowser，這種方法起源於十五世紀的德國，利用占卜的方法，以Y字形或L形的棍棒尋找水源、礦脈、寶石等。

「不懂什麼？」

「不懂你們之間的祕密。」

「他們和你的伯父談什麼？」

「我的事情。」他回答。

這時我才在他旁邊坐下。我知道他要說什麼，爸媽已經討論了一段時間，我不必躲在門後偷聽也知道他們的用意。他們向路易吉．古列米納提議，我們九月就帶布魯諾一起回米蘭。他們樂於提供住處，根據他的興趣，幫他找技職高中就讀。他們想試個一年，如果布魯諾上得不開心，隔年夏天就回格拉納。如果他讀得有興趣，他們很樂意在他畢業前繼續提供食宿。畢業之後，布魯諾就能自由選擇未來的道路。

即使由布魯諾轉述，我都聽得到母親的措辭，例如「樂於提供住宿」、「自由選擇」、「未來的道路」。

我說：「你的伯父絕對不會答應。」

「他願意。」布魯諾說。「你知道爲什麼嗎？」

「爲什麼？」

「因爲錢。」

他用一根手指挖土，撿起一顆小石頭。「我的伯父只關心誰付學費，你爸媽說他們願意負擔全額，食宿、學雜費等等。他覺得很划算。」

「你的伯母怎麼說？」

「她無所謂。」

「你媽媽呢？」

布魯諾哼了一聲，將石頭丟進水裡，石子小到沒發出任何聲響。就像母親常說的：「什麼也沒說。」

湖畔岩石上有一層乾涸的泥土，黑色的土垢顯示春季的湖水高度。提供水源的雪地已經融成溝渠中的灰泥，夏季再不結束，所有積雪融化殆盡，湖泊的命運不得而知。

「你呢？」我問。

「我什麼？」

「你想去嗎？」

「去米蘭？」布魯諾說。「我想都沒辦法想。你知道打從昨天開始，我就開始想像那裡的生活嗎？但是我辦不到，我根本想不到。」

我們沒再說話。我很了解米蘭的生活，不必想像就能大力反對。布魯諾一定痛恨米蘭，米蘭也會毀了布魯諾，就像他伯母要他洗澡、更衣，打發他來我們家學動詞變化。我不懂父母何必大費周章將他改頭換面，他一輩子放牛有什麼不好？當時我不知道這種想法有多自私，根本不關心布魯諾的意願和前途，只在乎自己能從他身上得到的好處，好比暑假有人作伴，有人陪我悠遊山林。我希望山上的一切都別改變，最好連焦黑的木屋、路邊的牛糞堆都一樣。他應該維持原狀，如同那些糞堆、廢墟一起在時空中凍結，等我回來。

「也許你應該告訴他們。」我提議。

「說什麼？」

「說你不想去米蘭，說你想留下來。」

布魯諾轉頭看我，眼睛瞪得老大。他沒想到我會出此建議，雖然他自己可能也有同樣的想法，但是由我說出來就是不對勁。「你瘋了嗎？」他說。「我才不要留下來，我一輩子都在這座山裡度過。」

他在草地上站起來，兩手圈住嘴巴大喊：「嘿，聽到了嗎？我是布魯諾，我要離開了！」

湖泊對岸的格雷諾山坡傳來回音，我們還聽到石頭墜落的聲音。他的喊叫嚇到一群正在攀登碎石坡的岩羚。

布魯諾指給我看。這些岩羚剛剛穿過岩石，因此我幾乎看不到，牠們躍過雪地時，我便能一一計算，總共只有五頭。牠們排成縱列在薄薄的雪地上往上爬，到山頂之後徘徊了一會兒，彷彿在離去之前看我們最後一眼，才一隻接著一隻消失在另一端的山坡。

我們那年的四千級山峰鎖定卡斯托爾峰。我和父親每年要攀登一座羅莎山的高山，作爲暑假的快樂句點，那時的體力也訓練到最佳狀態。我還是繼續往冰河走，身體也沒有因此就適應環境，我只是習慣到了那個世界就是會反胃，一如我們一定要日出前起床、一定要在山屋吃冷凍食品、到了高山上一定會聽見烏鴉啼。這種爬山經驗已經失去冒險的樂趣，我只是努力跨出每一步，等著到山頂後吐得亂七八糟。我討厭上高山，每次看到那片白色荒漠就心生厭惡，卻自豪我又攀上四千級山峰，再次證明自己的勇氣。一九八五年，父親的黑色簽字筆已經畫到皮瑞米德文森峰，一九八六年則是尼菲提峰。他認爲攀爬這些高山可以鍛鍊我的身體，因爲他問過醫生，深信我長大就能擺脫高山症。所以三、四年後，我們就能進行更正經的爬山大業，例如征服列斯卡姆峰，或佈滿岩石的杜富爾峰。

卡斯托爾峰最令我印象深刻的是攻頂前在山屋睡的那晚，而不是峰峰相連的山頂。那晚桌上有一盤義大利麵、半公升的紅酒，附近的登山客爭論不休，臉孔因爲日曬與疲憊而紅通通，隔天就要登頂的期盼營造出入定的氛圍。父親在我面前翻閱訪客登記簿，那是他在山屋最愛的讀物。他的德語流利，又懂法文，也能翻譯高山方言。有人三十年後懷抱感恩的心情回到山頂，有人遺憾某位朋友無法同行。這些文字很令他感動，甚至還親自爲日誌添上一筆。

他去裝水時，我趁機看看他寫了什麼。他的字跡擁擠、不安，若非熟悉的人，恐怕看不出所以然。我讀出他的內容：**這次帶十四歲兒子皮耶卓同行，我走在繩索前方的機會已經不多，因為他很快就會負責打頭陣。我不想回城裡，只能將這些記憶帶回家細細品味**。署名，喬凡尼．葛瓦斯提。

這段文字並未令我感動、自豪，只讓我覺得惱火。我察覺字裡行間的虛僞、感傷，誇讚山林的浮誇文字與事實不符。如果這裡是人間天堂，我們怎麼不住下來？何必帶走在這裡出生、長大的朋友？如果城市那麼惹人嫌，何必逼他搬去我們家？我想對父親提出這些問題，話說回來，我也想問問母親。妳怎麼能確定什麼事情對別人最好？怎麼可以毫無疑問？怎麼知道他不會比妳更清楚？

父親回來時，情緒高昂。那時是八月，四十五歲的他再過兩天就得回去上班，但那個週五，他帶著獨生子借宿高海拔的山屋。他多拿了一個杯子，裡面還有半杯的紅酒。也許在他的想像中，逐漸長大、克服高山症的我，和他的關係會從父子轉化成另一種情誼。可能是一起登山的夥伴，如同他在日誌中所寫，可能是酒友。也許他眞心認爲我們幾年後就能坐在海拔三千五百公尺的屋裡把酒言歡、研究路線圖、無所不談。

「你的胃還好嗎？」他問。

「還可以。」

「腿呢？」

「非常好。」

「太好了，明天一定很開心。」

父親舉杯，我也照做，才喝一口就喜歡。附近有個男人看我繼續喝便哈哈大笑，說了幾句德語，用力拍我的背，彷彿我剛加入成年男子兄弟會，他這會兒正在喝采歡迎。

隔天晚上回到格拉納時，我們已經是攀登冰河的老手。父親解開襯衫鈕釦，背包掛在單肩上，因爲長水泡只能跛行。至於我則是餓得能吃下一頭牛，一下山，我的胃自動發現已經鬧空城兩天。母親已經幫我們準備好熱水澡，晚餐也端上桌，就等著晚一點聽我們講故事。父親盡可能描述出冰隙中的冰雪色彩、北壁[37]令人頭暈目眩的特質、山頂雪簷的優雅線條。我吞吞吐吐地講述景色，彷彿因爲反胃而記不清楚。我多半沉默不語，因爲我早學到父親始終不肯承認的事實，就是留在山下的人根本無法理解我們在山上的感受。

那晚，我們卻沒機會和母親說話。我才要去洗澡，就聽到有個男人在院子裡叫囂。我走到窗邊拉開窗簾，有個人比手畫腳，吼著我聽不懂的語言。外面只有父親一人，他剛把厚襪子晾在陽台，用水槽泡腳，起身面對這個陌生人。

起初我以爲是農夫看到別人亂用水而勃然大怒，格拉納居民會對外人藉故發飆。分辨當地人的原則很簡單，他們的動作都一樣，五官特徵極其相像，顴骨和額頭之間都長著一雙藍眼睛。這個人比父親矮小，卻有不成比例的粗壯手臂和大手。他兩手揪住父親的衣領，似乎要把他舉起來。

父親張開雙臂，我從後方看，猜他嘴裡說著：「別激動，冷靜點。」對方嘟囔了幾句，露出一口爛牙。不知爲何，他的臉看上去也很疲憊，當時我太小，看不出那就是醉漢的特徵。對方一臉嫌惡的模樣就像路易吉・古列米納，那時我才知道這個陌生人多像布魯諾的伯父。父親開始慢慢比手勢，我知道他正在解釋，了解他的人就知道他的說明絕對無法反駁。陌生人低頭，反應與我平常如出一轍，似乎正在沉思，卻還不肯放開我父親的襯衫。父親手心向上，似乎表示：「這下你聽懂了嗎？現在你打算怎麼辦？」他這會兒光腳的模樣頗滑稽，襪子鬆緊帶的勒痕截斷底下蒼白的腳踝，以及燈籠褲之外曬得紅通通的小腿。這個受過高等教育的城市人自信滿滿，習於發號施令，剛在冰河上走得滿腳水泡，現在卻得跟醉醺醺的山上居民講道理。

對方認爲他聽夠了。他突然毫無警訊地放下右手，握拳攻擊父親的太陽穴。那是我生平第一次看到別人動粗，就算我在浴室也能聽到指節撞擊顱骨的聲音，就像乾脆地揮擊棍棒。父親蹣跚地退了兩步，努力站穩沒跌倒，但是兩手垂到身體兩側，

37 north face，應是山友口中的「阿爾卑斯山六大北壁」，以其陡峭、海拔奇高聞名。

肩膀略微往下沉，姿勢狼狽。那個人離開前又撂了幾句話，可能是威脅或承諾。我看到他往路易吉・古列米納的屋子走也不意外，因爲我已經猜出他的身分。

他來要回自己的東西，不知道原來找錯人，到頭來也沒有差別。揮到父親臉上的那拳就是要給母親好看，讓她的理想情懷認清事實，或許也消消她的銳氣。隔天，布魯諾和他爸爸就消失無蹤，父親的左眼腫脹瘀青。他當晚開車回米蘭時，最痛的恐怕不是那隻眼睛。

隔週是我們在格拉納待的最後時光，布魯諾的伯母來找母親，驚恐、謹愼、憂心忡忡，她可能最憂心失去這家好房客，母親向她再三保證不會。她早考慮到如何將傷害程度降到最小，如何挽救她小心翼翼培養的情誼。

在我看來，那一週似乎永遠過不完。那幾天常下雨，山間飄著一層厚厚的烏雲遮住群山，即使偶爾放晴，也只能看到海拔三千公尺的初雪。我想選條已知的路線重走一遍，而且不想取得任何人的允許。可是我一留在村莊，回想我所看到的事情經過，也覺得愧疚抱歉。週日，我們母子關好門，啓程返家。

四

直到我幾年後鼓起勇氣反擊，才漸漸淡忘父親當時挨揍的衝擊。老實說，後來我在村裡又有機會忤逆他，但那次是第一次，也是出手最重的一次。現在回想起來，我的叛逆期從山裡開始也很正常，對我別具意義的事情都從這裡發源。其實那件事本身並不嚴重。那年我十六歲，某天父親決定帶我去露營。他去軍用品攤子買了笨重的舊帳篷，想到小湖邊紮營，背著林務局規定釣幾條鱒魚，入夜時生火烤魚，也許還想就著餘燼溫度，熬夜喝酒、唱歌。

他以前從未透露對露營有興趣，所以我懷疑他是特地安排這次活動。最近我特別疏離，冷眼旁觀我們的家庭生活。他們有些習性是根深柢固，好比父親無傷大雅的暴躁情緒、母親壓制他怒氣的手段、那些他們已經無知無覺的小霸凌和遁辭。他會不講道理、霸道獨斷、急躁衝動；她則是堅毅面對，溫和地好言相勸。他們從不脫稿演出，頗令對方安心，因爲知道彼此各司其職。那些口角不是眞正的衝突，只是裝模作樣，結果向來可以預期，只是我也得被迫演出。我越來越想逃脫這種窠臼，卻說不出口，一次也沒抗議。也許就是因爲這個緣故，為了讓我**開口**，那個該死的舊帳篷才會出現。

午餐後，父親在廚房擺出所有裝備，分配我們兩人的負重。光竿子和木塞就有十公斤，加上睡袋、防風夾克、毛衣、口糧，背包很快就被塞滿。父親單膝跪地，鬆開背包所有扣帶，又壓又擠又拉，拚命把所有東西塞進去。在那個炎熱午後，僅僅只是看到那麼多東西，我已經汗流浹背。不勝負荷的不只是重量，想到父親，甚或父母兩人想像的畫面，也令我無法忍受；那營火、湖泊、鱒魚、星空，那麼密切的接觸相處。

「爸，」我說。「別鬧了，夠了。」

「等一下。」他一心一意想把東西全塞進背包。

「眞的，我沒開玩笑，沒有用。」

父親放下手邊的工作，抬頭看我。因爲耗費力氣，他一臉暴躁，看我的表情彷彿當我是另一個不肯屈服的背包或扣帶。

我聳聳肩。

與父親相處的原則是我靜默不語，他就能發言。他鬆開眉頭說：「也許可以拿點東西出來。如果不介意，麻煩你也來幫忙。」

「不要，」我回答。「我不想。」

「你不想什麼？不想露營？」

「不想紮營，不想去湖邊，我都不想。」

「『都不想』是什麼意思？」

「我不要，不想去。」

沒有任何打擊比這件事更嚴重。他一定早就料到，我不肯再跟著他到山裡是遲早的事情。因爲他自己沒有父親，有時我覺得他沒有忤逆家長的經驗，也沒有太大心理準備接受兒子的叛逆。他很受傷。他大可多問幾句，剛好把握機會聽聽我的心聲，然而他那次做不到，也可能不覺得有必要，或是他當時遭受的打擊太大，以致無法思考。他丟下背包、帳篷、睡袋，獨自出去散步。在我看來，不啻是一大解脫。

布魯諾的命運完全相反，他現在與他的父親一起工作，當建築工人，我很少見到他。他們在高山蓋山屋或避難小屋，週間日都在山上過夜。我週五或週六會看到他，但不是在格拉納，而是村莊的小酒館。我不必再爬山，多了大把的獨處時間，父親去攻頂時，我往反方向走，下山找年齡相仿的朋友。只去兩、三次，我就和假日才來的遊客打成一片。下午，我會去網球場邊或咖啡館坐著，暗自希望沒人發現我沒錢點餐。我聽他們閒聊、打量那些女孩，不時抬頭望向山上。我認出那些放牧草原、如同小白點的灰漿小屋，也知道鮮綠色是落葉松、暗綠色是冷杉，哪裡是向陽的「正面」與背陽的「反面」。我知道自己和那些來度假的青少年沒有太多共通點，但我想改變孤僻的個性，努力和別人相處，順其自然，靜觀其變。

將近七點時，磚匠、農人就會來酒吧。他們會跳下白色廂型車或四驅車，全身泥巴、石灰或鋸木屑，步伐懶洋洋。他們打從青春期就是這副模樣，彷彿除了拖動自己的身體之外，隨時都扛著比自己更重的重物。工人會坐到吧檯邊，發牢騷或口出穢言，和服務生打情罵俏、點好幾杯酒。布魯諾就和他們一道。我看得出他已經肌肉發達，也喜歡捲高袖子炫耀。他有各式各樣的棒球帽，後褲袋就插著皮夾。這個畫面最令我印象深刻，因爲對我而言，工作掙錢還很遙遠。他模仿同伴，花錢都不先數過，直接丟出皺巴巴的紙鈔。

偶爾心不在焉的他也會轉頭看我，他早知道我盯著他看，向我揚揚下巴示意，我也舉起一手打招呼。彼此互望一秒，僅此而已。沒有人注意到，整晚也不再有任何互動，我不確定自己的解讀是否正確。他的意思可能是：我記得你，我很想你。也可能是：才兩年沒見，恍若隔世，你說對吧？或者：嘿，石頭，你怎麼會跟那群人混在一起？我不曉得布魯諾對我們兩家父親的衝突有何感想，他是否對事情的發展感到後悔，又或者從他現在的角度看來，那已經是虛無縹緲的陳年往事，畢竟我就這麼想。他看起來一點也不像不快樂的人，相反地，我才像吧。

他的父親也在喝酒的人群中，那群人聲音更惹人厭，手裡總是拿著空杯子。他對待布魯諾的態度彷彿當他只是酒友，我討厭這個男人，但他卻有一點頗令我羨慕，就是他們之間沒有任何情感交流，語調沒有更粗魯，也沒有更關心；彼此互動並不特別惱怒、有把握或尷尬，不知情的人絕對看不出他們是父子。

並非村莊裡所有年輕人都在酒吧虛度夏日。幾天之後，有人帶我到河流對岸。那片松樹林隱藏著幾個巨大磐石，岩石與周遭環境格格不入，彷彿是從天而降的隕石。這些孤立的岩石一定來自遠古時代的冰河推擠，千百年來又被泥土、樹葉、苔蘚覆蓋，周圍甚至岩石上都長出松樹。但是有人拿鋼絲刷清理，某些磐石因此重見天日，甚至還有了名字。年輕人互下戰帖，想盡辦法攀爬。他們沒用繩索、岩釘，從離地一公尺的高度試了又試，最後都摔在矮樹叢上。觀賞其中兩、三個高手倒是挺有意思，他們身手敏捷，猶如雙手抹了白堊的體操選手，也是他們將這種娛樂活動從城市帶到山林。這幾個很樂意教人，我問他們能不能讓我試試看，畢竟我和布魯諾在不明就裡的狀況下爬遍各種岩石。從小，父親便警告我不要從事只能靠手的冒險活動。可能就是這個緣故，我決定成爲個中高手。

日落時，狂歡找樂子的人也加入。有人生營火，有人帶了菸和酒。大家圍成一圈輪流就著瓶子喝葡萄酒，除了對面的女孩挑起我的好奇，那些前所未聞的話題也聽得我津津有味。好比發明無縫雕塑岩板的加州嬉皮夏天去優勝美地的磐石下野營，半裸攀岩；或是在普羅旺斯海邊懸崖練習的法國人蓄著長髮，動作輕巧敏捷，而且從海邊移陣到白朗峰壑谷時，甚至讓經驗老到的登山客如父親等輩都無地自容。攀岩的主旨就是夥伴同歡，大膽嘗試，所以河堤邊的兩公尺岩塊和八千公尺高山上的磐石都一樣，不必一心追求山岳的難度，也和攻頂無關。他們說著說著，樹林已經一片漆黑。無論是扭曲的松樹樹幹、濃烈的松香，抑或營火映照的白色磐石，在在都比羅莎山任何山屋舒服溫馨。晚點，有人叼著菸嘗試攀岩新路線，卻因爲喝了酒影響平衡感；有人則帶著女孩走進隱密處。

在森林裡，我和他們之間的差異比較不明顯，可能因此也顯得沒那麼重要。這些人都是來自米蘭、熱那亞和杜林的富家子弟，家境較普通的人住在河谷上方的小別墅，或滑雪道山腳匆促完工的建築；最富裕的家庭住在偏僻的山間豪宅，大宅的每塊石頭、石板都先編號才根據建築師設計拼好。某晚因緣際會之下，我隨朋友回去拿酒。他家從外面看來就像老舊的木造糧倉，進去就看得出屋主是古董商或收藏家，擺設大量美術書籍、油畫、家具、雕塑，還有許多酒。朋友打開櫃子，我們各裝了一大袋。

「你的父親不會氣我們偷酒嗎？」我問。

「父親個鬼！」他的口氣似乎覺得這名稱很荒謬。我們拿光酒窖的珍藏，跑回森林。

這個時期，父親因爲嚴重受挫又開始爬山，總在我們起床前的清晨就出發。有時他不在家，我會看他的地圖，研究他最近又征服了哪些山頭。他開始探索我們以前避開的地帶，從底下就能看出山上空無一物，沒有聚落、湖泊、山屋，也沒有風景絕美的山頂，只有拔地而起的兩千公尺陡峭山坡、一望無際的碎石堆。他挑那些地方大概爲了撫平失望的情緒，或者只是挑選與心境相應的風景。父親再也沒邀我同行，他認為應該由我去找他，既然我有勇氣**拒絕**，就有義務**道歉**、**懇求**。

八月中假期的攀登冰河季節又到了，我看到他準備冰爪、武器般銳利的十字鍬和傷痕累累的水瓶。在我看來，父親就像高山壯遊的倖存者，或是一九三〇年代盲目攻頂，最後成群死在高山北壁的山地步兵團。

「你要去找他談，」母親當天早上說。「你看他多難過。」

「應該是他找我談吧？」

「你辦得到，他沒有這個能耐。」

「辦得到什麼？」

「得了，你明知故問，他等你去問他能不能一起去。」

我當然知道，只是我沒開口。我逕自回房間，不久之後就在窗邊看著父親踩著沉重的腳步離開，背包塞滿各式金屬裝備。攀登冰河不能獨自前往，我知道他這晚必須厚著臉皮找同伴。我們每回住山屋，至少都會碰到一個人有他這種窘況，他必須從一桌晃到另一桌，先聽別人討論，想辦法攀談，最後提議隔天加入對方的登山小隊，而且心裡知道沒有人想和陌生人綁在同一條繩索上。當時我覺得這正是懲罰他的絕佳方法。

那年暑假，我也不好過。我多次練習攀爬巨岩之後，偕同兩個青少年初次體驗眞正的自由攀岩。其中一個是偷酒賊，那個收藏家的兒子，這個熱那亞人是那群人中的頂尖高手。另一個是他的朋友，幾個月前才開始學，可能純粹爲了和他一起混，因爲這位朋友不特別熱中、認眞，也沒有天分。那塊岩石離馬路很近，我們只要越過一片草地就到了。而且岩石凸出的範圍之大，牛羊會站在下面躲避風吹雨淋。我們在牛群之間穿好鞋子，熱那亞青年遞來安全吊帶和鉤環，然後將我們兩人綁在繩索兩端，他自己則在中間。我們沒有任何形式的儀式，他只交代另一人注意安全，我們便開始攀岩。

收藏家兒子動作輕巧、敏捷，身輕如燕，每個動作看來都不費吹灰之力。他不必到處摸索就能精準找到抓點，不時從吊帶上解開快扣，掛到標示路線的錨栓上，然後將繩索穿進鉤環。接著，他兩手伸進粉袋，對手指吹幾下，便開始輕鬆攀爬。動作極其優美。賞心悅目、輕盈優雅，這都是我想從他身上學習的特質。

他的朋友就沒有這些優點。我可以近距離觀察他的攀岩過程，因爲熱那亞青年抵達休息點，便大聲喊叫，要我們一起往上爬，所以我們之間只有幾公尺的距離。一步步往上之後，這個同伴就在我的頭頂正上方。我常常得停下來，因爲我的腦袋就在他兩隻鞋子之間，這時候我便回頭往下看。八月底的田野一片黃澄澄，河川在陽光下閃爍，主幹道上的車子成了火柴盒。我不害怕遠離地面，懸在半空中的感覺很暢快，自然而然地就會往上攀爬，只要專心一志，不需要特別費力，也不會氣喘吁吁。

另一個人則是過分運用手臂的力量，腳力又用得不夠。他太貼近岩石，只好盲目摸索手點，如果找不到，就拚命抓錨栓。

「你不應該這麼做。」我這句話鑄下大錯，應該任由他去。

他惱火地看著我說：「你想怎麼樣？追過我？否則幹嘛跟那麼緊？」

打從那刻起，我就多了一個敵人。他在休息點對另一個人說：「皮耶卓趕時間，以爲這是比賽哩。」

我沒說：「你的朋友作弊，老掛在錨栓上。」我知道那就會變成兩人對抗一人。從此之後，我就保持距離，對方還不肯罷休，不時捉弄我，後來不斷取笑我好強。照他們的說法，我追著他們跑，他們還得踢我幾腳，免得踩到我的頭，收藏家的兒子大笑。我到了最後一個休息點時，他問我：「你體力很好，要不要試試看打先鋒？」

「隨便。」我回答。其實我只想趕快結束閃人，他們就不會煩我了。我已經繫好安全吊帶，準備好快扣。我們不必照慣例換位置，因此我抬頭看到裂縫中的錨栓就出發。

如果頭頂有繩索，找路線當然簡單，但是繩索在腳下時，可就完全不是那麼一回事。我第一個掛快扣的錨栓是老舊的鐵環，而不是岩壁上閃亮的不鏽鋼錨栓。我決定忽視這一點，沿著裂縫攀爬，而且我爬得頗快。問題是裂縫逐漸變窄，最後完全閉合。如今頭頂只有一塊黑色的潮濕岩簷，我完全不知道該如何越過。

「我要往哪兒走？」我大吼。

「我從下面看不到，」熱那亞青年回話。「那邊有錨栓嗎？」

沒有錨栓。我抓緊最後一點裂縫，左右張望尋找，發現我選錯路線。不鏽鋼耳片在我右側連成斜線，那條線繞過岩簷，抵達頂端。

「我走錯路線了！」我大叫。

「是嗎？」他大聲回覆。「上面狀況如何？你過得去嗎？」

「沒辦法，完全平滑。」

「那你就得下來了。」我看不到他們，但聽得出他們很樂。

我從未往下爬。現在往下看剛剛爬上來的裂縫，似乎遙不可及。我本能地抓得更緊，同時發現生鏽的錨栓大概有四、五公尺遠。我一條腿開始不自覺地顫抖，從膝蓋延伸到腳跟。我無法控制那條腿，兩手冒汗，彷彿快要抓不住岩石。

「我要掉下去了，」我大喊。「你們抓緊！」

接著我便往下墜。十公尺的距離不是太嚴重，但必須知道墜落的訣竅，要蹬離岩壁，用雙腳著地達到吸震效果。當時沒人教我要這麼做，我就垂直往下墜落，想抓住岩塊，以致雙手雙腳亂揮，撞到岩石。止墜前，胯下一陣緊縮。但是能感受到這種痛楚很幸運，表示有人擋住繩索，這下他們兩人都笑不出來了。

不久之後，我們登上岩石頂端，發現自己又看到田野的感覺頗詭異，身上的保護繩緊繃，離懸崖、吃草的牛群、半荒廢的農舍和狂吠的狗兒只有一步之遠。我不斷顫抖、全身發痛，一身是血，那兩人恐怕覺得愧疚，因為其中一個問我：「你確定你沒事？」

「當然。」

「抽菸嗎？」

「謝謝。」

我當下便決定那是我們共享的最後一樣東西，我躺在草地上仰望天空，他們又說了一句話，但是當時我已經完全沒聽進去了。

一如往常，八月底天氣驟變，開始下雨、轉涼。山林會迫使你下山，享受九月的溫暖。父親又回城裡，母親開始用火爐。天氣較晴朗時，我便到森林裡撿木柴，用力拉落葉松的乾枝，直到聽到樹枝折斷的清脆劈啪聲。我待在格拉納沒問題，但這次也急著回城裡。我覺得自己有好多事情想探索，好多人想找，也覺得應該有重要的事情在不久的將來等著我。最後那幾天，我深知那段時期標示著某個階段的結束，不只代表假期尾聲，也是彷彿已然走入歷史的山岳間的回憶。我喜歡現在的日子，又能和母親單獨相處，廚房啪啪響的柴火聲、冷冽的清晨，我可能無所事事，可能閱讀，也可能在森林閒晃。格拉納沒有巨石供我攀爬，但我發現廢棄民宅的牆壁是絕佳練習場所。我會有系統地往上爬，再從角落下來，特意避開簡單的手點，只靠裂縫和指尖支撐自己的重量。我還會從一個角落爬到另一邊，再循原線退回。我用這種方法爬遍村莊每間廢棄民宅。

週日，天氣再度放晴。我們吃早餐時，有人敲門，是布魯諾。他站在露台，面帶微笑。

「嘿，石頭，」他說。「要不要上山？」

他開門見山說他伯父那年夏天突發奇想，買了一批山羊。他就放羊群在高山牧場附近吃草，只需要傍晚用望遠鏡瞧瞧，確定羊兒都在他的視線範圍內即可。問題是山羊才上山幾晚，就碰上下雪，現在他伯父找不到羊了。牠們可能到山洞躲雪，或是跟著經過的高地山羊跑掉。布魯諾的口氣彷彿這又是他伯父不經大腦的蠢主意。

布魯諾現在有部機車，我們就乘著這部沒有車牌的生鏽老爺車，循著通往農場的路往上騎，沿途得避開落葉松的低枝，經過水坑還被噴得滿身泥。我坐在後座喜歡抓著他的背，發現他一點也不尷尬。到了他伯父草地的另一側，我們筆直疾馳，這片貧瘠、多石子的草地上到處都是羊糞。我們跟著這些線索騎到開滿杜鵑花又堆著落石的河堤，河道裡是幾乎乾涸的河川。這時便開始下雪。

在那刻之前，我只認得山上一種季節的面貌，就是七月初開始到八月底結束的短暫夏季，而且氣溫恍若春天。我對這裡的冬季則一無所知。小時候，布魯諾和我常提到山裡的寒冬，當時我就快回城裡，心情很低落，只能想像如果能和好朋友整年住在一起會是什麼情境。

「你不知道這裡冬天的模樣，」他說。「到處都只有雪。」

「我眞想看看。」我這麼回答。

現在看到了。這不是海拔三千公尺峽谷裡的冰凍雪地，而是會落入鞋子浸濕雙腳的新雪。一旦抬腳，看到腳印裡的八月野花，感覺頗詫異。積雪勉強只到我的腳踝，卻也足以掩蓋所有蹤跡。白雪覆蓋樹叢、洞穴和石頭，每一步都可能是陷阱。因爲我鮮少走這種雪地，只能亦步亦趨地跟著布魯諾。這就和我們小時候一樣，我不明白他是靠記憶或直覺領路，反正我只管跟好。

我們到了俯瞰另一側的山脊，風向一轉變，我們就聽到鈴鐺聲。山羊躲在比較矮的地方，就在碎石坡下方。走到羊群旁邊很簡單，站在雪地的山羊三兩成群，小羊就圍在母羊身邊。布魯諾數了數，一隻都沒走丟，但是山羊沒有牛隻溫順，有幾隻在山上過了一個夏天還更野蠻。我們循著原路往上走，布魯諾得大聲吼叫趕羊，或是對走偏的羊隻丟雪球，嘴裡一邊咒罵他伯父和他的餿點子。我們終於走回山頂，亂哄哄又吵吵鬧鬧地下山走回雪地。

我們走回青草地時一定已經過了中午，天氣突然又熱起來，餓壞的山羊四散吃草。我們飛奔下山，不是因爲趕時間，而是出於我們山裡的老規矩使然，而且衝下坡就是痛快。

我們到了機車旁時，布魯諾說：「我上次看到你去攀岩，身手挺不錯。」

「今年夏天才開始玩。」

「你喜歡嗎？」

「超愛。」

「就像以前在溪裡玩那麼喜歡？」

我大笑。「沒有，沒那麼喜歡。」

「我今年夏天砌了一面牆。」

「在哪兒？」

「山上的牛棚。那面牆已經倒了，我們必須重建。問題是那裡沒有道路，我只能騎車過去。我們只能用古老的方法砌牆，用鏟子、水桶和十字鍬。」

「你喜歡嗎？」

他沉吟了一會兒說：「喜歡。工作本身很不錯，用那種方法砌牆很困難。」

他不喜歡的是其他事情，但他沒說，我也沒問。我沒問他和他父親處得如何、賺多少錢、有沒有交女朋友、未來有什麼打算，或是否想過我們的事情。他也沒問我，沒問我過得好不好，沒問候我的父母。所以我也沒回答：「我母親很好，父親依舊生我的氣。」那年夏天，事情有所轉變，我本以爲交到朋友，結果是一場誤會。也沒說某天晚上，我親了兩個女孩。

我只說，我要走回格拉納。

「你確定？」

「對，我明天要回去，我想走一走。」

「好，下次見。」

每年暑假結束前，我都有這個習慣，獨自閒晃，向山林道別。我看著布魯諾跨上機車，試了幾次才成功發動，離開時留下一團黑煙。他騎車有種獨特的風格，他舉起一手示意，然後發動引擎。我也舉手示意，儘管他早就回頭。

當時我不知道我們相隔多年才會再見面。隔年，我滿十七歲，只去格拉納住了幾天，後來再也沒去過。往後的日子帶我離開孩提時期的山岳，我早知道這個轉變悲傷、美好，又無可避免。布魯諾和摩托車遁入森林裡，我轉身走回剛剛下來的山坡，望著我們在雪地留下的蹤跡，站了一會兒才離開。

2 和解的屋子

Le otto montagne

五

父親六十二歲過世，那年我三十一歲。直到葬禮當天，我才發現自己已經到了他剛爲人父的年紀，然而我們的前半生卻大不相同。我沒結婚，沒有到工廠上班，沒孩子，我的日子過得既像成人，又像青少年。我獨自住在毫無隔間的公寓，其實這是我無法負擔的奢侈生活。我想當紀錄片導演維生，但爲了付房租，我各種案子都接。我和父母一樣，都認爲人成年之後就該搬離從小住慣的出生地，到外地發展，所以二十三歲那年服完兵役，我便離開米蘭，和女友搬到杜林。那段關係並不長久，我卻從此戀上那個城市，第一眼就愛上當地古老的河川和拱廊咖啡館。我拜讀海明威的作品，身無分文到處晃悠，敞開心胸迎接嶄新邂逅，等待工作邀約和各種可能，而山岳就是我流動饗宴的背景。即使我沒再回去過，每次離開公寓就能瞥見群山也是一大恩典。

因此我們父子之間就隔了一百二十公里的稻田，這段距離並不遠，只需要一方有心就能跨越。幾年前，我放棄大學學業，給他最後失望的一擊。我的數學向來表現優異，他始終認爲我會和他從事類似的工作。當時父親說我虛度光陰，我反駁他比我更早放棄人生。後來我們一整年沒說過話，那時我穿梭在家裡和軍營之間，返回軍隊時幾乎也不道別。我走自己的道路，離鄉背井開創人生，對我們父子都好。而且一旦漸行漸遠，我們都不想拉近距離。

我和母親的互動卻是另外一回事。因爲我通電話時說得不多，她決定寫信給我，而且很快就發現我竟然會回信。我喜歡晚間在桌邊坐下，拿出紙筆，敘述生活點滴。我在信上告訴她，我決定去電影學院註冊，也在那裡結識杜林的第一批朋友。我很迷紀錄片，自認觀察和傾聽是我的天職，她附和我的說法更讓我開心：「對，你從小就有這方面的天賦。」我知道要靠這份工作賺錢活口還有一段漫長的道路，但她打從一開始就支持我。這些年來，她匯錢給我，我則和她分享所有作品，例如人像照片、風景照、都市集錦，或是沒人看過、我卻引以爲傲的短片。我喜歡自己的生活，當她問我是否開心時，我都這麼回答。至於其他問題，我則避而不答，好比每段都不超過幾個月的戀情；只要對方想論及婚嫁，我便逃之夭夭。

「妳呢？」我寫信問她。

「我很好。」母親回覆：「但是你爸爸工作太操勞，身體都搞壞了。」她聊他的事情多過說她自己。工廠發生財務危機，投身工作三十年的父親懷疑自己的貢獻，反而沒在退休前放慢腳步，等待時機。他獨自在車上花費許多時間，開幾百公里的車程從一家工廠趕到另一家，回家時往往筋疲力盡，晚餐後馬上倒頭大睡。但是他睡不長，半夜就起來繼續工作，過於憂慮以致無法放鬆；母親說，他不只擔心工廠。「他這個人就是愛操心，現在簡直到了有病的程度。」他擔心工作，擔心上年紀，擔心母親染上流感，也擔心我。他有時會半夜驚醒，以爲我出事了，堅持要母親打給我，即使吵醒夢中的我也在所不惜。她無法說服他多等幾個小時，只能安撫他，哄他回去睡，勸他放寬心。其實他的身體也已經發出警訊，但是他只會用這種方式過日子，只知道繃緊神經面對日常。要他放慢腳步，就像限制他爬山不准快步走、不准和任何人比快、不准他享受有益健康的空氣。

我彷佛只認得一部分的他，另一部分則是透過母親的來信才一窺究竟，這個部分頗令我好奇。我因此想到他的脆弱曾如電光石火出現過，他偶爾驚慌失措，也會立刻掩飾情緒。例如我探頭往外看，他直覺就抓住我的皮帶。例如我在冰河上吐得一場糊塗，他比我還擔心。無論我熟悉的父親有多難相處，這個模樣的父親可能始終在我身邊，只是我沒察覺。這時我就覺得，以後應該、也可以試圖與他溝通。

這個「以後」瞬間灰飛煙滅，各種可能性也隨之消失。二〇〇四年三月某個晚上，母親打來說父親在高速公路上心臟病發，死於路肩。他沒因此肇事，反而做出各種正確因應措施。他將車開到路邊，開了故障燈，彷彿車子只是爆胎或沒油，結果出問題的是他的心臟。里程數過高，太疏於保養。當時父親一定覺得胸口劇痛，也有足夠時間分析眼前狀況。他開到路肩，關掉引擎，卻沒解開安全帶。人們發現他時，他就坐在駕駛座，恍若退休的賽車手。他以這種方法辭世頗諷刺，雖然雙手還放在方向盤，卻被所有人趕過。

那年春天，我特地回米蘭住了幾星期。除了需要處理後事之外，我覺得自己有必要陪陪母親。手忙腳亂地辦完葬禮之後，日子恢復平靜，我還意外發現父親早就仔細想過身後事。他的書桌抽屜有清楚的指示，詳列銀行帳目、交代繼承遺產該辦哪些手續。因爲繼承人只有我們母子倆，義大利政府規定他必須立正式遺囑，但他在紙上除了說明要將米蘭半間公寓留給她，還寫下「我希望皮耶卓繼承……」後面跟了一行神祕指示：「格拉納的地產」。沒有遺言、沒向我們道別，也沒有任何解釋，通篇文字冷冰冰、公事公辦，猶如法律條文。

母親對這件遺產一無所知。一般人多半以為父母對彼此無所不談，年紀越大越開誠布公。父親死後，我才知道我搬出去之後，他們幾乎各過各的日子。他得上班工作，隨時都在外面奔波。她退休之後則在專門照顧移民的診所擔任志工護士，教授產前課程，平常都和朋友在一起消磨時間，反而不是和父親相伴。她只知道他前一年在山裡買了一小塊地，而且費用不高。他花錢不需要得到妻子的允許，甚至也沒邀她去看過，他們已經許久沒一起散步；母親也沒反對，認為他自有他的考量。

我在父親的文件中找到購買合約和地契，兩者都未減輕我的困惑。我在一塊不規則土地中央繼承了四公尺乘七公尺的農宅，地圖太小，我根本不知道那塊地的位置，而且也不是我看習慣的樣本。這張地圖沒顯示高度、路線，只畫出那塊地。我看了又看，不知道周圍究竟是森林還是原野等等。

母親說：「布魯諾一定知道在哪裡。」

「布魯諾？」

「他們每次都一道。」

「我連他們還有碰面都不曉得。」

「當然有，我們都和他保持聯絡。在格拉納那種小地方，不碰面挺難的，對不對？」

「他現在做哪一行？」我問。其實我真心想問的是他好不好，是否還記得我。這些年來，我常想到他，他也是嗎？但是到了這個年紀，我已經學會用成年人的方式提問，從一個問題中找出另一個答案。

「他是泥水匠。」

「所以他沒搬走？」

「布魯諾？你覺得他能搬去哪裡？格拉納沒變多少，你到時就知道了。」

我自己變了很多，所以不知道該不該相信她。長大成年，小時候喜愛的地方在你眼中可能完全變調，以致讓人大失所望；也可能讓你記起自己失去的特質，以致失落感傷。我不太想深究，卻又繼承了這筆土地，最後好奇心終究占了上風。四月底，我獨自開父親的車造訪。當時是傍晚，爬上山谷時，我只看到燈火通明的區域。儘管如此，我依舊發現幾點差異。好比道路改良、拓寬，峭壁上多了防護網，路邊有成堆砍伐下來的樹幹。有人開始興建奧地利風格的木造小別墅，有人開始開採河床的砂石，原本是石頭和樹木的河邊搭起水泥堤防。度假別莊一片漆黑，旅館不是因爲淡季歇業中，就是已經倒閉。路邊的推土機和怪手散發出經濟衰敗的氣氛，如同那些因爲破產而閒置的工地。

我因爲這些發現而感到沮喪的同時，某樣東西引起我的注意，我湊向擋風玻璃往上看。某些白色的形體在夜空中散發神祕的氛圍，我看了一會兒才發現那不是雲朵，而是積雪未融盡的山岳。畢竟現在是四月，我早該料到。但是城裡的春天來得比較早，我已經忘記山上比山下晚一季，白雪撫平我看到破敗河谷的沮喪。這時我才發現，我剛剛的動作和父親如出一轍。我多少次看他傾身開車仰望天空？他是爲了確定天候，端詳山側，也可能只是經過時欣賞一下。他雙手靠攏，放在方向盤上，太陽穴就靠在手上。我重複這個動作，更清楚我們的姿勢有多相似，我想像自己是四十歲的父親，隔壁坐著妻子，後座載著兒子，車子剛轉進河谷，我們要找個適合一家三口的地方。我想像兒子睡著了，妻子指著村莊、某些民宅，我假裝專心傾聽。然而她一轉頭，我就湊向前方往上看，讚賞山頂的驚人美景。山峰越高聳、越險峻，我越喜歡；積雪的山頂更是大有可爲。這就對了，也許那座山會有個適合我們一家落腳的地方。

通往格拉納的上坡路已經鋪了柏油，但母親說得對，除此之外幾乎一成不變。

廢墟還在，牛棚、乾草倉庫、牛糞堆都還在原處。我將車子停在老地方，步行摸黑進入村莊，順著水槽的聲音走上台階，找到大門，而巨大的鐵鑰匙依然插在鎖裡。一進屋內，我便聞到熟悉的煙味和霉味。走進廚房，我打開火爐，發現裡面有一小堆依舊發亮的餘燼。我將旁邊的木柴丟進爐裡，使勁吹到火苗重新點燃。

就連父親釀的酒也放在老地方。他會從家裡帶一大瓶義式白蘭地過來，再分裝到小瓶子裡，加入他在山裡採集的莓子、松果和藥草。我隨便選一瓶，倒進杯子暖暖身體。味道很苦，可能加了龍膽。我將杯子放在火爐邊，捲起菸草。我抽著菸，環顧舊廚房，等待回憶浮現。

二十年來，廚房在母親手下保養得宜。放眼所及都充滿她的風格，看得出女主人善於打理家務。她向來喜歡銅製平底鍋和木匙，討厭遮住風景的窗簾。她在水壺裡放了一把乾燥花，放在最愛的窗台上，旁邊還有整天都不關的收音機和一幀照片。影中人是我和布魯諾，地點可能是他伯父的農舍；我們背對背坐在落葉松殘樁上，兩人都雙手抱胸，一副硬漢模樣。我不記得是誰幫忙拍照，也不記得何時。總之我們穿著相同的衣服，擺出同樣可笑的姿勢，任何人都會以爲這是兄弟合照。我也覺得這是張好照片。我抽完菸，將菸屁股丟進火爐，拿起空杯，起身倒第二杯，這時才看到父親的地圖依舊釘在牆上，只是現在已經與我當年記憶不復相同。

我走過去看仔細，立刻發現原是河谷步道的地圖已經截然不同，幾乎成了一部小說，甚至自傳。這二十年來，父親的簽字筆沒放過任何一座頂峰、高山牧場或山屋，這片遊記的網路密密麻麻，別人根本看不懂。現在地圖上不只有黑筆，還摻雜著紅線、綠線。黑色、紅色和綠色偶爾會疊在一起，多數時候，最長的遠征都用黑筆標示。這種密碼必定有其關鍵，我站在地圖前左思右想。

我沉吟了一會，發現這張圖就像父親出給孩提的我的謎語。我走去倒酒，又回來仔細打量。如果這就像大學教授的密碼，我就會先從頻率最高和最低的符號開始找起。最常出現的是黑線，最少見的是三色重疊，我就從後者找到關鍵，因爲我們三人（我、父親和布魯諾）曾經一起困在冰河上。紅線和綠線停在同樣的地方，黑線則繼續往前。我因此知道父親另外找機會，獨自完成這段路。想當然耳，黑線代表他，陪他攀爬四千級山峰的紅線只可能是我。經由刪去法，綠線自然是布魯諾。母親說過，他們會一起散步。我看到許多路線畫了黑色和綠色，可能多過黑色和紅色，我覺得一陣嫉妒。但是我也很開心，因爲那些年，父親不是獨自登山。我突然想到，也許牆上這張地圖就是父親身後要留給我的訊息。

後來我走進以前的房間，但是那裡冷到無法入睡。我把床墊拖到廚房，將睡袋丟上去，義大利白蘭地和菸草就放在伸手可及之處。關燈前，我添了足夠的木柴，躺在黑夜裡傾聽柴火聲，良久無法入睡。

隔天早上，布魯諾大清早就來找我。他已經長成我所不認得的模樣，但是他內心深處還是我熟悉的少年。

「謝謝你先幫我生火。」我說。

「小事。」他說。

他在露台和我握手問候，那些話我這兩個月聽多了，以致根本沒放在心上。朋友之間可以省下那些客套話，但誰曉得我和布魯諾還是不是朋友。我們握手時，他的手勁就眞誠多了。他的右手粗糙、乾燥又多繭，而且有一點很奇怪，我一時又說不上來。他察覺我的不安，便舉起右手給我看，那就是典型建築工人的手，少了食指和中指末端。

「看見沒？」他說。「我以前很蠢，竟然玩我爸的獵槍。我想殺狐狸，結果……轟掉自己的手指。」

「在你手中炸開嗎？」

「不算，扳機故障。」

「唉呦，」我說。「一定很痛。」

布魯諾聳肩，彷彿人生還有更糟的事情。他看著我的下巴說：「你都不刮鬍子？」

「我已經留了十年。」我摸摸鬍子。

「我也想留，但是那時候有女朋友，我就不必多說了。」

「她不喜歡你留鬍子？」

「沒錯。你留鬍子很帥，很像你爸。」

他說這句話時笑了。我們雙方都想炒熱氣氛，所以我不打算深究這句話，只是報以微笑，然後帶上門，跟他走。

河谷的天空低壓壓，佈滿春天的雲朵。屋外彷彿剛下過雨，而且隨時會再下。就連煙囪的煙都難以上升，只能溜下濕滑的屋頂，在簷槽上方盤旋。大清早離開村莊，我重新看到每間小屋、雞舍、柴房，似乎就是我最後一次看到的模樣，沒有任何人做過任何更動。我很快就在最後一間房子之外看到損毀的景象，底下的河床至少比我印象中寬上兩倍，彷彿有巨犁翻過。河川流過遍布石礫的河床，即使現在是融雪的季節，流量還是相當細微。

「看到了嗎？」布魯諾說。

「怎麼回事？」

「二〇〇〇年那年鬧水災，你不記得嗎？河水暴漲，政府還得派直升機來疏散。」

底下有台挖土機正在作業。二〇〇〇年時，我在哪裡？無論肉體或心靈，我都遠離格拉納，甚至不知道那場大水。河裡還散佈著樹幹、屋梁、水泥塊等各式各樣從山上沖刷下來的殘骸。河灣處因爲河水沖蝕，外露的樹根不斷向外延伸，尋找土壤。我爲這條可憐的小河感到傷心。

較高處的磨坊附近河裡有樣東西令人精神大振，那是輪子形狀的巨大白石。

「那也是水災沖下來的？」我問。

「不是，」布魯諾說：「是我在水災之前丟進河裡。」

「何時？」

「那是爲了慶祝自己滿十八歲。」

「你怎麼辦到的？」

「用千斤頂。」

我笑了。我想像布魯諾帶著千斤頂走進磨坊，後來石磨從門口往下滾。眞希望我當時也在場。

「痛快嗎？」我問。

「太棒了。」

布魯諾也笑了。我們接著便出發去找我的物業。

我們爬了很久，因爲我體力不佳，前一晚又喝太多，所以速度比以前慢。我們順著洪水肆虐的河谷往上走，以前綠油油的河堤只剩砂石，布魯諾必須不斷回頭，看到我遠遠被拋在後方頗感驚訝，但也只能停下來等我。時不時咳嗽的我告訴他：「你先走，我隨後趕上。」

「沒關係！沒關係！」彷彿他分派了特別任務給自己，就有義務完成。

就連他伯父的農場都不一樣了。我們經過時，有個棚屋的屋頂下陷，將結構牆往外推，彷彿雪下得大一點，整間屋子就會倒塌。牛棚外的浴缸在戶外兀自生鏽，門板脫落，歪斜地靠在牆上。落葉松的樹苗在牧場各地拔地而起，一如當年路易吉．古列米納的預言。我不曉得這些樹長了多久，也不知道他的伯父怎麼了。我想問問布魯諾，但他繼續往前走，所以我們一語不發地走過農場。

過了這批木屋之後，洪災肆虐的情況最嚴重。以前牛隻上山吃草的整片山坡都被雨水沖掉，土石流捲過樹木、岩石。即使四年之後，我們腳下的土壤還是很鬆軟。布魯諾繼續默默領路往前，靴子一會兒埋進泥土裡，一會兒從這塊岩石跳到另一塊，他走過倒地的樹幹時專心一志，維持平衡，並未回頭。我們越過土石流區域之前，我都得跑步才能跟上，再度進入森林之後，他終於又開口。

「就算是以前也很少有人來這裡，」他說。「現在路都沒了，大概只有我會來吧。」

「你常來嗎？」

「當然，晚上會來。」

「晚上？」

「下工想走走就會來，我會帶頭燈，以免天色全黑。」

「有些人放鬆去的是酒吧。」

「我去過，也去夠了。森林比較好。」

接著我提出不該問的問題，如果和父親同行，絕對不能問：「還很遠嗎？」

「不會不會，但是我們很快就會走到雪地。」

我已經在岩石的影子中注意到，覆蓋著新雪的積雪很快就會泥濘不堪。但是我抬頭望向前路，碎石坡和格雷諾寬廣的山峽都覆著白雪。山岳北側還是冬季，勾勒出山嶺輪廓的雪景就像底片，深色岩石面對太陽，石頭背面陰影處則是未融的白雪。我才想著這件事，我們已經走到湖邊。就像當年初次邂逅，這次湖泊也是突然出現。

「你記得這裡嗎？」布魯諾問。

「當然。」

「和夏天不一樣吧？」

「對。」

四月的湖泊上還有一層冰，不透明的白色薄冰尚有細窄的藍色裂縫，就像瓷器上的紋路。這些裂紋沒有幾何規則，也沒有邏輯道理可循。湖上散佈著破碎的大片冰塊，陽光普照的岸邊有第一道深色調，象徵夏天已經來到。

環顧盆地，我們彷彿同時經歷兩個季節。這邊有碎石坡、杜松和杜鵑花，另一邊則是樹林和雪地。那一側，格雷諾有雪崩的痕跡，最後止於湖泊。布魯諾筆直走向那裡，我們開始往雪坡上走。腳下的冰雪頗扎實，但偶爾也會突然往下陷，我們就踩進深及大腿的雪中。只要走錯一步，我們就得費力抽腿，走走停停半小時之後，布魯諾才准許我們歇息。他在雪地裡找到一面石牆，爬到牆頂之後，兩腳互敲，撢掉靴子上的積雪。我坐下來，無心關切濕答答的腳，一心只想回到火爐前吃上一頓，再去睡覺。

「到了。」他說。

「哪裡？」

「什麼哪裡？你家啊。」

這時我才環顧四周。雖然下雪改變了每件物體的輪廓，我依稀看得出我們所在的山坡上有一塊木造露台。這座高原有顆平坦、高聳，白得出乎尋常的岩石面對湖泊，雪地上有三面不完整的乾砌石牆，用的就是同樣的白色岩石。兩面比較矮，前面那座比較長，圍起來的面積大概四公尺乘七公尺，正如地籍圖所標示。岩面就是這三座牆缺少的第四面，也就是石材來源。我完全看不到崩塌屋頂的蹤影，但是廢墟裡的雪地中間有棵瑞士五針松，小樹從瓦礫堆中突破重圍，已經長到與石牆齊高。這就是我繼承的財產，一塊岩石、大片白雪、一大堆石塊和一棵松樹。

「我們第一次看到這個地方時是九月，」布魯諾說。「你父親立刻說：『就是這間。』我們看了好多幢，我陪他挑了一陣子，他對這裡是一見鍾情。」

「他去年買下？」

「不是，大概快三年前。當時我還得幫他找屋主，說服他們賣房。這裡沒有人賣祖產，就算一輩子抱著一間破房子，也強過賣給外人去好好整理。」

「他想怎麼整理？」

「蓋房子。」

「蓋房子？」

「是啊。」

「我父親向來討厭房子。」

「看來他改變心意了。」

這時候開始下雨，我覺得手背上有滴雨水，發現它似乎介於雨和雪之間。即便天空都無法決定此時是冬季或春季。烏雲遮蔽群山，物體的全貌不得而知，即使是這樣的早晨，我都能感受到此處的美。這種美肅穆、深刻，表達出撼動人心的力量，而非恬適的平靜，此外還透露出某種程度的絕望。那就是背光坡的美。

「這地方有名字嗎？」我問。

「應該有，我媽說這裡以前被稱爲巴馬卓拉。這種事情問她準不會錯，她記得住所有名字。」
「巴馬（barma）就是那塊岩石？」
「沒錯。」
「卓拉（drola）呢？」
「意思是『怪』。」
「這麼白所以怪？」
「應該是。」
「怪岩石啊。」我說出口，只爲了聽聽唸出來的聲音。
我又坐了一會兒，看看前後左右，沉思這件遺產的意義。不喜歡待在屋裡的那個父親竟然想在這裡蓋房子，他來不及實現願望，想到自己可能會先走，便把這個地方留給我。天知道他到底想要我怎麼樣。
布魯諾說：「我今年夏天有空。」
「有空什麼？」
「開工啊，不必嗎？」

因爲我滿臉狐疑，於是他解釋道：「你的父親已經照他的意思設計好房子，逼我答應他會幫忙興建。他提出要求時，就坐在你現在這個位子。」

我知道的事情越來越多。好比路線圖，好比地圖上伴隨著黑線的紅線與綠線，布魯諾大概還有許多事情尚未告訴我。至於屋子，既然父親已經安排好，我也沒理由不遵守。問題只有一個。

「可是我沒錢。」我說。我已經把繼承的現金拿去處理亂七八糟的財務狀況，的確還有餘款，卻不足以蓋房子，我也不想花在這裡。我還有一長串該追求卻未追求的願望清單。

布魯諾點頭，他早料到會碰上這種反對的理由。他說：「我們只需要買建材，即使只省工錢，也省了不少。」

「好，但是誰付你的工錢？」

「你不必擔心，我幹這種活兒，本來就不期待會拿到錢。」

他沒多解釋，我正要問，他補上一句：「有人幫忙就太好了。再多一個人手，我就能在三、四個月內完工。怎麼樣？做不做？」

如果在平原，我一定一笑置之。我會說我不是這塊料，什麼忙也幫不上。但我坐在雪地中的牆上，面對著海拔兩千公尺高的湖泊。我覺得該來的躲不過，不知爲何，父親想帶我來這裡，帶我來看看這塊經歷過山崩的開墾地，看看這塊怪岩石下的產業，要我到這片廢墟中與這個男人並肩工作。「好吧，爸爸，」我對自己說：「放馬過來，看看你這次準備了什麼謎題。我倒要看看這能讓我學到什麼。」

「三、四個月？」我問。

「沒錯。」

「你什麼時候想開工？」

「雪一融就開始。」布魯諾回答，然後跳下石牆，開始解釋他覺得該怎麼做。

六

那年的雪很快就融了，我六月初回格拉納，當時正是融雪的高峰，河水暴漲，從河谷四面八方往下流瀉，在我前所未見的地方形成暫時的瀑布、溪流，水彷彿就在腳下奔流，即使一千公尺深的地底也像苔蘚般柔軟。至於每天都下的雨，我們決定不放在眼裡。某個週一清晨，我們從布魯諾家拿了一把鏟子、一支十字鍬、一把手斧、一組鏈鋸和半桶柴油，將所有東西丟進背包，便前往我的物業，也就是我們後來都稱爲巴馬的地方。雖然他揹的裝備比較重，每十五分鐘就停下來喘氣的人卻是我。我會放下背包，坐在地上（這都是父親以前教我絕對別犯的錯誤），兩人站著默默不語，在我心跳慢下來之前，我們會避開彼此的目光。

到了山上，雪地已經變成泥濘和枯草，我更能好好評估這片廢墟的狀況。多虧牆角石，就連我們兩人一起出力，一公尺以下的石牆似乎夠堅固，動也不動。但是較長的那座牆從一公尺往上便往外傾，因爲屋頂崩塌前，屋梁往外推。短牆在一公尺以上更是不穩，約莫一般男子高度之處的最後一排石塊搖搖欲墜。布魯諾說我們要把牆敲到近乎底部，因爲扶正歪斜的牆毫無意義，不如直接搗毀從頭砌。

但是我們必須先整理建地。我們進入廢墟，開始清理時大概是早上十點。那些廢料多半是屋頂的瓦片或二樓的地板，這些腐爛木材中還有卡在牆上或地上的六、七公尺長的橫梁。有些木材經得起風吹雨打，布魯諾一一檢查哪些可以回收利用。我們忙半天，將可用的屋梁拖到屋外，再滾上倚在牆邊的兩片厚木板，堆到石牆外。其他腐爛的木材則劈好放到一旁，準備拿來當柴燒。

布魯諾因爲手指的殘疾學會用左手使用鏈鋸，他用腳踩住木材，刀刃前端非常靠近靴子的鞋跟，因此他背後會揚起一團木屑粉塵，空氣中都是好聞的木材焦香。他鋸斷的木材落下之後，我負責撿起、堆好。

我不習慣大量使用手臂的勞力活，很快就累了。正午時，我們會走出廢墟，全身覆滿泥土、木屑。巨大岩壁底下有四根落葉松樹幹，一年前被砍下之後就放在原地曬乾，等著當新屋頂的橫梁。現在我便坐在其中一根之上。

「我已經累壞了，」我說。「可是我們還沒開工呢。」

「開始啦！」布魯諾說。

「光整理就要一個禮拜，還要推倒石牆，清理附近環境。」

「也許，誰曉得？」

這時我們已經用石頭搭了一個小火爐，用木屑當火種生火。雖然我覺得熱，還一身是汗，不過能在火爐前烤乾，依舊不失爲一樁美事。我在口袋撈了一會兒，找到菸草捲了一根菸。我遞上菸草，他說：「我不會，你幫我捲，我就試試看。」

我點菸之後，他拚命忍耐才沒咳出來，看得出他不抽菸。

「你抽很多年了嗎？」他問。

「某年夏天在這裡的時候開始抽，那時大概只有十六、七歲吧。」

「眞的？我從沒見過你抽菸。」

「因爲我都偷偷抽。我會到森林裡或屋頂抽菸，免得被人看到。」

「你要躲誰？你媽？」

「不知道，我就是會躲起來。」

布魯諾用小刀削尖兩根小棍子，然後從背包拿出香腸切片之後火烤。他還帶了一條黑麵包，切下兩塊之後分了一塊給我。

「要施工多久無所謂，這種工程如果想到太久遠之後，你會瘋掉。」

「否則我該想什麼？」

「就想今天的事情。看看今天天氣多好！」

我張望了一會兒，要說出這種話真需要相當程度的樂觀。這天是典型的晚春氣候，山風極大，大片烏雲來來去去擋住陽光，氣溫還是很低，彷彿執拗的冬季拒絕離開。底下的湖泊就像被風吹得起皺的黑絲綢，然而事實正好相反，正是春風的冰手撫平湖面的騷動。我想將手伸向火焰，偷點溫暖。

下午，我們繼續整理瓦礫，終於看到廢墟的地板；厚木板清楚表明這間屋子原本的用途。靠長牆的地板有餵食槽，屋裡正中間有個小溝槽就是糞肥排水孔。木板寬度是三根手指寬，經年累月下來給牲口的鼻子和蹄子磨得細滑晶亮。布魯諾說我們清潔之後可以拿來當其他建材，語畢便用十字鍬撬開。我發現地上有樣東西，隨手撿起，是個木製圓錐，平滑、中空，就像獸角。

「那是和磨鐮石合用的東西。」我拿給布魯諾看，他說。

「磨鐮石？」

「用來磨利鐮刀的石頭，可能另外有正確的名稱，總之已經沒有人知道了。我應該去問問我媽，好像是河裡的石頭。」

我覺得自己好像一無所知的三歲小兒，他對我這些問題非常有耐性。布魯諾從我手中接過木角，放在腰側說明：「磨鐮石是平滑的圓形石頭，幾乎是深黑色，而且必須保持濕滑。你把這東西掛在腰帶，裡面放點水。用鐮刀割東西時就能保持石頭濕潤，隨時拿出來磨利刀刃，就像這樣。」

「從河裡撈上來的？」

他揮手臂，在頭上劃個半月型，我便能清楚看到不存在的大鐮刀和磨利刀刃的石頭。這時我才發現，我們正重複進行以前最愛的遊戲。我先前竟然沒想到，畢竟我們曾溜進許多類似這間屋子的廢墟。我們從殘缺的牆壁走進可能崩塌的民宅，踩著鬆動的木板。我們會偷走幾樣破銅爛鐵，假裝是金銀財寶，而且玩了好幾年。

我逐漸用不同的角度看待這件工程，原本深信這只是為了完成父親的遺願，減輕我的罪惡感。這時看到布魯諾磨著想像中的大鐮刀，我所繼承的遺產似乎是某種彌補，或給我第二次機會，重拾中斷的友誼。那是父親的目的嗎？布魯諾看了角狀物最後一次，隨手丟到準備當柴燒的廢料堆。我撿起來收好，心想以後總能想到合適的用途。

至於長在廢墟中央的瑞士五針松，我也抱持同樣的態度。五點時，我已經累到什麼也做不了，就抄了十字鍬掘小樹周圍，連根挖出整棵樹。五針松爲了從瓦礫中得到日照，樹幹長得又細又歪曲。露出樹根的小樹看來奄奄一息，我趕快種到附近。空地邊緣可以清楚看到湖泊全景，我在那裡挖了個洞種下，掩埋樹根之後又將土壤踩實。我走到一旁，發現它不習慣強風吹拂，整棵樹左右搖擺。以前這棵樹不必擔心風吹雨淋，如今換個地方種植，看起來不堪一擊。

「你覺得它撐得下去嗎？」我問。

「誰曉得？」布魯諾答。「那種植物很奇怪，想長的時候很頑強，一旦換個地方種又很脆弱。」

「你以前試過？」

「好幾次。」

「結果怎麼樣？」

「很糟糕。」

他每次想起往事，就低頭看著地面。「我伯父想在屋子門口種棵瑞士五針松，我不知道原因是什麼，也許他認爲會帶來好運。他絕對需要，毫無疑問。所以他每年都要我到山上挖株樹苗，但是每次都被牛踩壞，幾次之後，我們就放棄了。」

「這邊的人怎麼叫它？」

「瑞士五針松？」

「沒錯。這種樹會帶來好運？」

「聽說會。相信的人可能就有用吧。」

不管幸運與否，我很關心那棵小樹。我在樹幹旁邊插了一根結實的棍子，在不同高度用藤蔓將兩者纏緊，接著又到湖邊裝了一瓶水來澆。回來時，我看到布魯諾在最長的牆下搭了一個台子。他在地上放了兩根舊屋梁，在上面釘了幾片剛拆下的木板，從背包裡拿出一條細繩、一張防水布，就是格拉納遮蓋野外乾草的塑膠布。他用兩根木樁將防水布兩端繫在石縫中，另外兩端則固定在地面，就成了克難的營帳。布魯諾在裡面放了背包和乾糧。

「這些東西要留在這裡嗎？」我問。

「不是，我也會住下來。」

「你也會住下來？」

「我會睡在這裡。」

「睡在這裡？」

這次他失去耐性，直率地說：「總不能教我每天浪費四小時吧？工頭週一到週六都要留守工地，工人才要每天來回運送建材。這是基本原則。」

我看著他搭蓋的露宿地點，終於明白他的背包爲何塞得鼓鼓的。

「你要在這裡睡四個月？」

「三個月或四個月都無所謂。現在是夏天，我週六就會下山睡床鋪。」

「難道我不應該也睡在這裡嗎？」

「晚些時候吧，還有很多建材要運上來，我借了一頭騾子。」

布魯諾仔細忖度往後的工作。我是隨興發揮，他顯然不是。他審愼計畫方方面面，思考我的工作和他的進度、各個階段與時程表。他說明建材存放位置，解釋隔天該帶哪些東西給他，還說他的母親會示範如何將東西放到騾子背上。

「我們明天早上九點見，如果可以，你得六點出發。」

「當然沒問題。」

「你辦得到嗎？」

「當然。」

「好，明天見。」

我查看時間，晚上六點半。布魯諾拿了浴巾、肥皂去山上盥洗。我俯瞰廢墟，看上去似乎和早上差不多，只是現在屋內空了，屋外多了一堆排放整齊的木材，第一天就有這般進度挺不賴。我拿起背包，向那棵小樹說再見，開始走回格拉納。

這個六月，我每天下工獨自回家這一小時最開心。早上不一樣，我趕時間，騾子又不聽話，我只想著趕快上山。晚上就不必匆匆忙忙，六、七點離開時，底下河谷的太陽還高掛天空。我平靜地走著，因為疲倦而懶洋洋，不必下指令，騾子就乖乖跟在後頭。從湖泊到山崩處的山腰開滿杜鵑花，走到古列米納高山牧場的荒廢建築附近時，我嚇到正在吃草的麕鹿。鹿群立刻站直，警覺地看著我，接著就像小偷似的溜進林子。有時我會停下來抽根菸，騾子吃草時，我就坐在布魯諾和我合影的落葉松樹樁上，凝視農舍，凝視人為事物的敗壞與春季復甦兩者之間的奇特對比；三間房子成了殘垣敗瓦，牆壁彎曲如同老人的背脊，屋頂也被冬雪壓垮，周遭的花草卻欣欣向榮。

我想知道這時布魯諾都忙些什麼，是否已經生火，是否獨自走進山林，又是不是工作到天黑呢？就許多方面而言，他現在的模樣都不在我意料之內。我本以為他就算不像他爸爸，大概也像他堂哥或以前與他一起上酒館的泥水匠，結果他和這些人毫無共通點。他彷彿在某一天脫離人類團體生活，在某個角落離群索居。他讓我想起他的母親，我早晨上貨時常碰到她。她告訴我如何裝馱鞍，如何將木板或工具固定在騾子的腰窩，倘若騾子不肯再走又如何趕牠。但是她一次也沒問過我爲何回來，也沒問我和她兒子究竟忙什麼。我從小就覺得她對我們沒有任何興趣，她可以自得其樂，對她而言，人們來來去去就像季節變遷，然而我也納悶，她是否埋藏著另一種截然不同的心情。

我沿著河畔走，到了格拉納之後，就把騾子綁在屋子邊，生火煮水。要是我記得買酒，這時就會開酒喝。櫃子裡只有義大利麵、醃漬水果和幾罐應急的罐頭。喝兩杯之後，我便筋疲力竭，丟進義大利麵之後就睡著。半夜醒來發現爐火熄滅、酒瓶半空、晚餐糊成一團。我只好開罐豆子，拿湯匙就吃起來，連倒出來都懶。接著就躺上餐桌下的床墊，拉起睡袋拉鏈，立刻熟睡。

六月底，母親帶了一個朋友過來。那年夏天，她的閨密輪流來陪她，但我不覺得她像悲痛的寡婦。她告訴我，她很高興有朋友照看著。我發現她和這名婦女很有默契，她們在我面前鮮少交談，只要交換一個眼神就知道對方的意思。她們在這間老房子裡的互動輕鬆自在，這比千言萬語都難得。父親簡單的葬禮之後，他與世人衝突不斷的事令我多所省思，他死在車內，身後沒有一個朋友來弔唁。母親多年來耕耘友誼，將朋友當窗台上的花朵細心照顧，則有長足的收穫。不知道這是後天培養的才幹，還是與生俱來的天分，也不曉得我是否有時間慢慢學習。

現在下山，屋裡不只有一個女人照顧我，還是兩個人。桌上已經擺好餐具，床上也有乾淨的床單，我不必再用睡袋、吃豆子。晚餐後，我們母子會留在廚房聊天。我對母親很容易打開話匣子，某次我說這就像回到過去，她對飯後時光的記憶卻和我大相逕庭。在她看來，我很少開口，多半都沉浸在自己的世界，外人根本無法進入，也沒有溝通可言。現在有機會了解我，她很開心。

我和布魯諾在巴馬已經開始砌牆。因爲母親想知道我學到哪些施工技巧，我便向她描述我們的工作狀況。其實每面牆用兩片平行的石牆砌成，中間空隙塡入較小的石頭。每隔一定高度得用較大的石頭蓋住縫隙，連結兩面牆。我們盡可能少用水泥，不是爲了省錢，而是因爲我得從山下運上去，每包又重達二十五公斤。我們用水泥混合湖裡的沙子，再將混合物灌進石頭之間，所以從外面看不出來。那段期間有好幾天，我得從巴馬到湖邊。較遠的湖岸有片沙灘，我會裝滿騾子的鞍袋來回運沙。能用這些沙子當屋子的建材，我非常滿意。

母親仔細聽我說，卻對工程不甚有興趣。

「你和布魯諾處得如何？」她問。

「很奇怪。有時我覺得我認識他大半輩子，有時又覺得我根本不了解他。」

「哪裡怪？」

「他對我講話的態度。他對我很好，事實上不只是好，簡直是充滿慈愛。我不記得他是這樣的人，這點我始終想不通。」

我在火爐裡添了塊木柴。好想來根菸，卻又覺得在母親面前抽菸很尷尬，我不想再隱藏這個愚蠢的祕密，卻又沒辦法公開。結果我幫自己倒了杯義大利白蘭地，這不一樣，喝酒沒什麼不好意思。

我坐回來時，母親說：「這些年，布魯諾和我們很親近。有段時間，他每天晚上都來，你爸爸幫了他很多。」

「怎麼幫？」

「也不是真的幫他。該怎麼說呢？他偶爾的確會借錢給他，但這不是原因。布魯諾後來和自己的親生父親鬧翻，再也不想和他共事，恐怕也好幾年沒見過他。如果他需要找人提供意見，就會來這裡。無論你父親說什麼，他都照單全收。」

「我倒不知道。」

「他每次都問起你，問你近況如何，最近忙些什麼。我會把你信裡提到的事情告訴他，從沒隱瞞過你的事情。」

「這我倒不知道。」我又重複一次。

這下我知道離開的人會有什麼下場了，少了他，其他人繼續過日子。我想像布魯諾二十歲、二十五歲與他們共度晚間的畫面，他取代我，與父親談天說地。如果我留下來，或許就不會有這種事，也或許我們會共享那些時光。自己不在場，我的悔恨多過嫉妒。我錯過重要的事情，卻花時間去做想都想不起來、無足輕重的瑣事。

我們砌完石牆，繼續搭屋頂。我去向村裡的鐵匠取貨時已經是七月底，布魯諾訂了他自己設計的八個不鏽鋼托架和幾十根一呎長的膨脹螺絲。我把東西放到騾背上，還帶了小型發電機、柴油和我以前的爬山裝備。東西都送到之後，我頭一次爬到岩壁頂端。大岩石上有四棵落葉松，我將雙索固定在最大的那棵樹上，帶著電鑽降到岩石中間。接下來，布魯諾就從下方大聲傳送指令，我便在發電機的嗡嗡聲、鑽岩石的震耳欲聾電鑽聲中度過那一天。每個托架需要四根螺絲，所以我要鑽三十二個洞。布魯諾說這些洞至關緊要，是屋頂能否成功的關鍵。冬季時，雪會沿著岩石流下來，所以他審慎評估過相關條件，就為了打造出可以耐雪的屋頂。我數次拉著繩索往上，將固定點換到更遠的地方，再降到他要求鑽洞的位置。傍晚時，八個托架已經固定好，全都固定在四公尺高的位置，每個的間隔也相同。

現在我早上會把酒和必需品塞進背包，一天工作的尾聲就以喝啤酒畫下句點。我們坐在火爐前，火爐因為灰燼而變黑，我則全身慘白，因為滿身粉塵。雖然雙手因為整天操作電鑽而發疼，布魯諾信任我執行這項任務也頗令我自豪。

「積雪的問題就是沒人知道會有多重，」他說。「有公式可以算出屋頂負重能力，但最好還是乘以兩倍，以防萬一。」

「什麼公式？」

「一立方公尺的水重一千公斤，對不對？根據含氧量，雪的重量大概是三百到七百公斤。如果屋頂要能承擔兩公尺深的積雪，就要能承受一千四百公斤重。我多加一倍。」

「以前怎麼算出這個公式？」

「以前就是把東西都撐住。離開前的秋季就做好準備，他們會在屋裡放許多柱子撐住屋頂。還記得我們之前找到很多又短又粗的柱子嗎？看來某年冬天就連柱子也撐不住，又或者是他們沒放好。」我看著牆壁上方，努力想像積雪突然崩落，肯定很恐怖。

「你父親很喜歡討論這些問題。」

「是嗎？」

「例如木板應該多寬，板子間隔應該多大，或是該用哪種木材。松樹不適合，因爲太軟，落葉松就比較硬。光告訴他該用哪種木材，他還不滿意，非要知道背後的原因。結果就是一種長在背光處，一種長在向陽處，足夠的日照才會讓木材堅硬，缺乏日照和水分只會讓木材太軟芯，不適合當梁柱。」

「我可以想像他想了解這類事情。」

「他甚至去買了一本書。我告訴他：『不必費事，喬凡尼，找個老師傅就能問清楚。』我帶他去見我以前的工頭，我們拿藍圖去給他看，你爸帶了筆記本，把所有事情抄下來。不過我懷疑他事後又查書求證，因爲他不太信任別人，對吧？」

「不知道，應該查過。」我說

我從葬禮之後就沒聽人說起父親的名字，我很慶幸是由布魯諾說出來，儘管我有時認爲我們兩人眼中的父親截然不同。

「明天要上梁嗎？」我問。

「要先砍成正確的尺寸，照托架決定形狀。上梁得用到騾子，到時候再說吧。」

「很費時嗎？」

「不知道。一次忙一件事吧，先喝啤酒。」

「先喝啤酒。」

這時候我已經漸漸恢復往日的體力。因爲每天早上爬山，我恢復以往的速度。路上的青草越來越茂密，河水越來越平靜，落葉松的針葉越來越鮮豔；夏季的到來就像狂暴青春期的尾聲。小時候的我也在這個時節初次來到河谷。山岳恢復成我熟悉的模樣，以前我以爲山上的季節不會變，我無論何時回來，迎接我的都是仲夏。我看到格拉納的工人正在整理牛棚，開拖拉機移動貨物。幾天後，他們就會將牛羊領下山，河谷下游再度恢復熱鬧。

如今沒有人再往上走，湖泊附近還有兩處廢墟，離我每天來去的路線都不遠。一間周遭長滿蕁麻，屋況就像我那塊地今年春天的模樣。但是屋頂只有半塌，我進去之後看到的景況卻同樣淒涼。小房間遭到破壞，屋主似乎想藉此報復往日在此生活的悲慘日子，也可能是後來的人闖空門，找不到有價值的東西而洩憤。屋裡有張餐桌、一張搖搖晃晃的凳子、瓦礫堆裡有幾個陶器，還有一個我覺得堪用的火爐。我打算下次拆走，免得屋頂全崩，埋了整間屋子。另一間廢墟年代更久遠，也更精緻。第一間頂多只有一百年的歷史，這間至少是三世紀前的建築。這不是簡樸、狹小的農舍，而是寬敞的高山農莊，有好幾棟建築，幾乎可自成一個小村莊。這個房子有石階，屋頂橫梁宏偉得令人費解；我之所以覺得不解，是因爲這麼大的樹木生長在比這裡低幾百公尺的海拔處，我無法想像如何將這些木材運上來。屋裡空無一物，只有經過多年風雨依然矗立不搖的高牆。相較於我比較熟悉的簡陋木屋，業主應該來自上流社會，只是家世漸漸沒落，最後徹底消失在歷史洪流中。

上山時，我喜歡在湖畔稍做停留，彎腰測試水溫。照亮格雷諾山頂的陽光尚未照到這個盆地，湖水還留著夜晚的沁寒，如同不再黑暗又未大亮的天空。我已經不記得自己爲何疏遠群山，也不記得我移情別戀上哪件事情。總之，每天早晨獨自上山，我又漸漸與山林言歸於好。

那年七月，巴馬就像個鋸木廠。我運來好幾批木板，現在露台堆滿木材，都是還散發著松香的兩公尺長木板。八根橫梁就放在岩壁的不鏽鋼托架和長牆之間，傾斜角度是三十度，中間由落葉松製成的長梁支撐著。屋頂的支架已經完成，我可以想像完工後的屋子。大門對著西邊，兩面窗子向著北側的湖泊。布魯諾想做成拱窗，所以用槌子和鑿子在窗框外的石頭上施工了好幾天。屋裡有兩個房間，一個房間各有一扇窗。以前的屋子有兩層樓，一樓是牛欄，二樓是房間。現在我們只想做成一層樓，挑高更高，看上去更寬敞。儘管我還看不出完工後的模樣，但我偶爾會想像打進屋內的陽光。

抵達工地之後，我會在火爐丟進幾根乾柴，讓餘燼燒旺一點，再把鍋子放到爐子上燒水。我從背袋拿出新鮮麵包、一顆番茄（那是布魯諾的母親在海拔一千三百公尺神奇栽種成功的果實）。爲了找咖啡，我探頭到營帳裡，看到沒收拾的睡袋、融在木板上的蠟燭和半開的書。瞥過封面，我看到作者名不禁莞爾，是康拉德[38]。母親幫布魯諾上了那麼多課，他始終最愛講述航海生活的小說。

他聞到柴火味就會走出屋子，先前就在裡面丈量、切割屋椽。越接近週末，他

38 Joseph Conrad（一八五七—一九二四），波蘭裔英國小說家，曾經是水手，有豐富航海冒險經驗，著有《黑暗之心》等。

的樣貌越狂野，要是我突然忘記那天是星期幾，也能根據他的鬍碴長短來判斷。早上九點，他已經全心投入工作，除非碰到難題才會回神。

「喔，」他說：「你來囉。」

他會舉起手指少了末節的那隻手致意，出來和我一起吃早餐。他用刀子切一塊麵包和一片托馬乳酪，番茄則是直接吃整顆，不切片也不撒鹽，邊吃邊盯著工地，想著接下來的進度。

七

那是個「歸返」與「和解」的季節，那年夏天，我常想到這兩個詞。某天晚上，母親提到她、父親與山岳的事，告訴我他們相識繼而結婚的過程。有鑑於這個故事是我們這個家庭的起源，關係到我爲何出生，我這麼大才聽聞的確很怪。但是我小時候不適合知道這種事，年紀稍長則是不想聽。二十歲時，我甚至用手摀住耳朵，而不是專心聽家族軼事。即使在這天晚上，我剛聽到還是很抗拒；另一方面的我卻充滿溫情地看待這些前所未聞的事情。我邊聽邊望著河谷另一側的山腰，那裡毫無農地，從山腰到河畔是一整片樹林。中間只有一條窄長通道，也是這條淺色長線吸引我的目光。

母親敘述時，我漸漸有不同的體悟。我知道這個故事，沒錯，我的確以自己獨特的方法知悉。這麼多年來，我蒐集到許多片段；這就像我擁有某本書的斷簡殘篇，也毫無順序地讀過千萬遍。我看過照片，聽過大人提起。我從旁觀察父母，知道他們面對事情的態度。我知道哪些爭論會突然打住，哪些會吵得沒完沒了，也知道哪些名字會讓他們悲從中來。我掌握這個故事的所有元素，卻始終無法建構出全貌。

我望著外面一會兒之後，看到那側山腰上有鹿群。隘道一定有水源，鹿群每晚天黑前便走出森林喝水。我在這個距離看不到溪水，但是鹿群證明那裡有水源。鹿群沿著自己的路線穿梭來去，我看得目不轉睛，直到天色全暗，什麼也看不到。

故事如下。一九五〇年代，父親是母親弟弟皮耶洛舅舅的麻吉。兩人都是一九四二年出生，比她小五歲。村莊神父帶小朋友去露營，他們從小就認識，每到夏天就在多羅米提山脈住上一個月。他們睡帳篷，在森林裡玩耍，學習如何在山裡生活，如何保護自己，兩人因此交情匪淺。「你應該懂吧？」母親說。的確，他們的友誼不難想像。

皮耶洛在校表現優異，但父親的腿力較好，個性也較強。其實兩人的差異沒那麼容易敘述，父親在某方面比較脆弱，但也是他才擅長以熱情感動別人。他想像力最豐富，卻也最坐不住。他歡欣鼓舞的情緒有感染力，再加上他住校，很快就成了母親家的常客。對她而言，他就是個精力旺盛的男孩，非得在賽跑時甩開所有人。

他父母雙亡的事實在當年戰後稀鬆平常，照顧別人的兒子並不稀奇，對方父母可能是親戚，也可能不知遷到何方。反正農莊不缺房間，而且隨時缺人幹活兒。

其實父親不是無處可去，他有地方落腳，只是沒有一個家。因此他到了十六、七歲時，週末假日和暑假都在母親家，幫忙採收、釀酒、砍乾草、到森林伐木。他喜歡學習，也喜歡戶外活動。母親說他們一較高下踩葡萄，一踩就是幾百公斤；小小年紀就偷喝酒，還曾經躲在地窖喝得酩酊大醉給逮到。她說這些事情層出不窮，但是她必須說清楚講明白，他們的友誼不是出於機緣命運，而是有人在幕後積極操作。此人就是山上的神父，他是外公的朋友，許多年來都帶小朋友上山露營，也特別留意我的父親會不會與其他小朋友交流。外公同意多照顧這個孤兒，也讓這孩子有機會打工攢錢。

母親說，皮耶洛和我脾性類似。沉默，喜歡思考。他有足夠的感受力了解別人，也是因爲這個緣故，個性要強的人就容易牽制他。選擇大學科系時，皮耶洛對自己的選擇堅定不移，因爲他從小就想當醫生。母親說，他一定是個好醫生，他有才幹，富同情心，又善於傾聽。相反地，父親對人的興趣就沒有對物質來得大，他喜歡研究地、水、火、風。他喜歡能用雙手接觸到實在的物體，繼而研究成分。對，我心想，那就是他，就是他在我記憶中的模樣，總是沉迷於微小的沙粒、冰塊的結晶，卻對人類視而不見。我不難想像他十九歲熱中學習化學的熱情。

這時他和皮耶洛開始獨自爬山。從六月到九月，幾乎每個週六，他們都搭巴士到特倫托或柏盧諾，再搭便車上山，晚上則睡在草地上或乾草倉。他們沒有錢買任何東西，但是母親說那時候的登山客都一貧如洗。阿爾卑斯山就是窮人的北極或太平洋，像他們一樣喜歡冒險的年輕人都愛去。兩人當中由我父親負責研究地圖、規劃新路線，皮耶洛比較謹慎、固執。一開始要說服他做任何事情都很難，但叫他半途而廢更不容易，這種搭檔最適合父親，因爲事情一旦不如他所料，他很容易放棄。

後來兩人的人生越走越分歧。化學系比醫學系早畢業，父親一九六七年就服役。他被分發到高山砲兵部隊，沿著世界大戰所留下的騾道，將大砲和迫擊砲往山上拖。他因爲有化學學位，所以成了士官，他卻自稱「騾子班長」。那年，他鮮少待在兵營，多半隨著他的軍連從一個村莊移防到另一個村莊。他發現自己喜歡這種生活，每次回鄉都比上一次更成熟，看上去也比整天埋首書堆的皮耶洛更年長。他先嘗到現實世界的滋味，也挺喜歡。父親體驗了長途行軍和雪地紮營，儘管還伴隨著義式白蘭地的酒氣。放假時，他總和皮耶洛聊起雪，聊雪的不同形狀、反覆無常的特質與特殊的語彙。年輕的父親很容易對新事物一頭熱，當時他的新歡就是這種新元素。他說冬天的山岳是截然不同的世界，他們應該結伴去瞧瞧。

因此他退伍的一九六八年聖誕節，父親和皮耶洛展開第一次的冬季登山之旅。他們想辦法借到滑雪板、海豹皮大衣，開始攀爬最熟悉的山嶺，只是這回不能睡在星空下，必須付錢住山屋。父親的體能非常好，舅舅比較差，因爲他過去一年都在準備畢業考，但舅舅和父親一樣急著探索新世界。他們的預算連食物和住宿都不太夠，更不可能雇用高山嚮導，只能靠自己的技術了。況且就父親而言，上山只需要腿力，下山絕對不成問題。他們逐漸練就自己的登山風格，問題出在三月前往薩索朗戈[39]的山岔時，他們在晴朗的午後跨越山坡。

我可以清楚看到母親描述的場景，一定是因爲我聽過許多次。父親走在前頭不遠處，正在脫掉一腳的滑雪板，準備攻頂，腳下的地面卻突然凹陷。他聽到簌簌聲，就像海浪在沙灘上退潮的聲音。剛剛一路走來的整片山坡彷彿往下撤退，起初速度

39 Sassalungo，多羅米提山脈的藍柯弗爾群峰中最高峰，高達三千一百八十一公尺。

很慢，父親往下陷了一公尺，他側身抓住岩石，看到滑雪板不斷往下滑。皮耶洛走在最陡峭又最平滑的山坡，他也往下掉。父親看到他失去平衡，望著山上，腹部朝下往下滑，雙手掙扎著想抓住不存在的支點。接著雪崩的速度加快，衝勁變大。這不是隆冬凝固的雪，落下時不會揚起雪塵；這是春天濕答答的雪泥，崩塌時會捲成雪球，越滾越大，碰到障礙物才會停下。皮耶洛對這些雪不造成任何阻力，立刻被捲進去，跟著往下滾。山坡在兩百公尺底下地勢趨緩，雪崩才就此停住。

雪崩尚未停止前，父親就衝下去找好朋友，卻找不到人。雪球滾了那麼遠，已經變得緊實、堅硬。他在附近大喊，尋找動靜。儘管一分鐘前還來勢洶洶，這時那片雪已經紋風不動。後來那幾個月，父親說詞如下：那場雪崩就像睡夢中被驚醒的巨獸，咆哮了一聲，換個姿勢之後又睡得更香甜。對那座山而言，彷彿什麼也沒發生過。

唯一的希望就是皮耶洛在雪裡製造出一個可以呼吸的空間（air pocket），但是這種案例非常罕見。總之父親沒有鏟子，便採取唯一的明智措施，啓程走回前一晚的山屋，結果陷進更軟的雪泥中。所以他回頭撿起剩下的一只滑雪板，想辦法用這簡陋的設備下山。儘管只滑一小段就會停住，而且常常摔倒，也強過每踩一步就崩落。他約莫三、四點回到山屋，請人協助搜救。他們再回到意外現場已經天黑，隔天早上才找到埋在雪下一公尺的舅舅，死因是在雪裡悶死。

每個人都認爲錯在父親，而且顯而易見，否則還能怪誰？有兩點可以證明他們對冬季的準備非常不充足，一是他們的裝備簡陋，二是他們選錯時間。山上才剛下過雪，跨越山坡的天候還不夠寒冷。父親經驗比較老到，應該料到這點，不該橫越山坡，也應該率先撤退。外公認爲這種錯誤不可原諒，怒火不但沒隨著時間熄滅，反而愈加根深柢固。他並未拒絕父親登門，只是一看到他就不開心，只要父親出現，外公就判若兩人，後來更避不見面。即使在一年後的追思彌撒，他也刻意坐在教堂另一端。後來父親便放棄，不再打擾外公。

在這個故事中，這時正是母親出場的時間，她始終都是戲中人物，以往卻是旁觀成分居多。母親從小就認識父親，起初只當他是弟弟的朋友，後來才慢慢和他發展友誼，多次一起唱歌、喝酒、並肩採收葡萄。事故發生之後，他們開始碰面談心，父親的心理狀況極差，母親則認爲世人有欠公允。她不認爲大家應該將所有過錯歸咎於他，也不認爲他應該獨自扛起責任。最後他們成爲戀人，一年後結婚。全家人都拒絕出席婚禮，他們結婚時沒有任何親屬到場，也準備到米蘭展開新生活。他們即將住在新家，換新工作、新朋友，攀登新山岳。我也是這個新生活的一員，母親說，我的出現格外有意義。我這個新生命有個老派的名字，一個承襲自父母手足的名字。

故事如上。母親說完，我心裡想著冰河，想著父親對我講述的神情。他這個人不走回頭路，也不喜歡回想不愉快的事情。然而我們爬山時，即使是沒有朋友去世的全新山脈，他看著冰河時，往事偶爾會浮上心頭。他的說法是：「夏季抹去回憶，如同高溫融化冰雪。但冰河是久遠年代的雪，屬於冬季的記憶，屬於那些不肯被忘懷的冬季。」如今我才明白他的意思，當下發現我有兩個父親。一個父親就像陌生人，雖然我和他在城裡住了二十年，後來十年卻對他關上心房；另一個父親是在山上的那個男人，我雖然不常見到，卻比另一個父親更熟悉。第二個父親會走在我後面，第二個父親熱愛冰河，第二個父親留給我一間百廢待舉的小屋。我決定忘記第一個父親，努力完成工程紀念他。

八

八月時，我們已經蓋完屋頂。屋頂用了兩層木板，中間夾著隔熱金屬板。屋頂外側覆蓋著一片疊著一片的落葉松木板，木片上還有溝槽引水往下流，內側則是杉木製的模板。落葉松可以保護屋子不漏水，杉木可以禦寒保溫。我們決定不鑿洞做天窗，即使是盛夏，屋裡也能遮陽。面北的窗戶沒有直接日照，又能看到湖泊對岸幾乎白晃晃的山景。山岳的礦脈露頭和碎石坡在這個季節閃爍著刺眼光芒，這些反射光線照進屋內，彷彿鏡子的反光。這就是在背陽坡蓋房子的原理。

我走到屋外看陽光中的遠山，再轉頭看天空另一邊的格雷諾。我想爬到格雷諾山頂，從那裡看看巴馬的模樣。這座山麓兩個月以來天天俯瞰我，我卻到現在才有這個念頭，應該是雙腿和夏季的酷暑引發這種渴望。恢復腳力之後，兩條腿蠢蠢欲動，仲夏也吸引我往高處走。

布魯諾從屋頂上下來，他剛剛正忙著格外辛苦的工程。他得在岩壁和屋頂之間固定鉛板，下雨時，水才不會流進屋裡。他只能用槌子一次釘上一片，鉛板才能完全服貼。鉛板很軟，謹慎作業之後，看起來就像焊在岩石上，也像石頭的一部分，因此屋頂和岩石連成一氣。

我問布魯諾通往格雷諾的道路，他指向沿著山坡往湖泊後方的步道，更深處是赤楊木樹叢，越過沼澤區之後，又延伸到新冒芽的草地上。他說，更遠處有個山脊，那邊還有另一個盆地藏著一個較小的湖泊。湖泊之後就是碎石坡，那邊沒有路，可能只堆了幾顆石頭指引方向，或是岩羚踩出來的小徑。總之，他指著山頂未融的雪地，說我只要往那片雪地走就對了。

「我想去一趟，」我說。「如果天氣好，大概週六或週日過去。」

「你幹嘛不現在去？」他說。「這邊我自己來就行了。」

「你確定？」

「當然，休息一天吧，你儘管去。」

更高海拔的湖泊和我們小屋附近這座不太相同，山坡上最後一片瑞士五針松、落葉松、柳樹、赤楊木漸漸消失，越過山脊之後，空氣也越來越稀薄。那個湖只能說是碧綠的池塘，周圍是貧瘠的草地和大片的藍莓。二十幾隻無人看管的山羊擠在一個廢棄屋子旁，幾乎無視我的存在。那裡就是小路的盡頭，旁邊盡是牲口的足跡，草地成爲碎石坡。我可以清楚看到山上的雪地，記起父親的規則，接下來要走的道路就是目前位置到雪地之間的直線。我聽到他在我耳邊說：「直接往上走，就走這裡。」

我已經許久沒爬到樹木線以上，也從未隻身前往。我以前肯定學得很好，因爲我走過碎石坡還覺得輕鬆自在。我看到前方有堆石頭就筆直走過去，在石頭之間穿梭，本能地選擇最大、最穩的，避開搖搖晃晃的。我覺得岩石有彈性，不像土地或草皮般吸收你的步伐，反而將力量回饋到雙腿，增加動能。所以我一踩上石頭，往前、往上蹬，另一條腿也會自然跟上。很快地，我已經在碎石坡上跑跳，幾乎由雙腿帶著我走。我覺得我可以信任它們，絕對不會錯。我想起當年父親帶我離開高山牧場，進入岩石的世界有多歡喜，現在我也感受到這分雀躍竄過全身。

走到小片雪地時，我已經因爲一路跑來而氣喘吁吁。我駐足觸碰八月的雪，冰冷又粗糙，堅硬到得用指甲才刮得起來。爲了涼快一下，我挖了一把擦額頭、脖子，還湊到嘴邊吸吮以致嘴唇都發麻。接著才繼續走完碎石坡到山頂，眼前開闊的視野是格雷諾另一邊，面對陽光的那側。碎石坡盡頭就是綿延的草地，平緩的山坡下方有簡陋木屋和零星的牛羊。我彷彿突然下山一千公尺，或突然看到另一個季節。眼前是盛夏的耀眼陽光，聽得到牲口的聲音；回頭望則是陰鬱的秋天，有潮濕的岩石和一片片不連續的雪地。從山頂看來，兩座湖泊長得一模一樣。我努力尋找布魯諾和我正在蓋的房子，但是我可能爬得太高，也可能是就地取材的屋子與大自然融爲一體，以致無法分辨。

標示路線的石堆沿著岩架往山脊延伸。我一時手癢，覺得眼前這塊岩石不難爬，決定攀岩上去。這是我多年來首次攀岩，選好支點就往上爬。雖然難度不高，也需要全神貫注。我得審慎考慮要把手、腳放在哪裡，還要運用平衡感保持輕盈，不是靠蠻力。我很快就忘記時間，忽略四周的山脈和底下兩邊山坡截然不同的兩個世界。我只看得到前面的岩壁，只注意到手、腳。最後不能再往上攀，我才發現已經到最頂端。

「現在呢？」我心想。山頂有一小堆石頭，在這個簡陋的石碑後方就是羅莎山，冰河成爲山頂的輪廓。也許我該帶啤酒來慶祝，但我既不興高采烈，也不覺得如釋重負，決定只抽根菸就向爸爸的山岳道別，打道回府。

我還認得出每座山峰，邊抽菸邊欣賞，從東邊望到西邊，也記得每座山的名字。不知道我現在的位置有多高，一定已經超過海拔三千公尺，卻不覺得噁心反胃。我開始環顧四周，找標示高度的石碑。我看到石堆裡塞了一個金屬盒子，一眼就認出裡面有什麼。打開蓋子，塑膠袋裡放了一本簿子，只是袋子的保護功能並不完善。畫了線的紙張摸起來就像反覆濕了又乾，盒子裡面還有兩枝筆，零星的登山客就能在筆記上留下感言，有人只會寫下名字和日期，最後一則離現在只有一個多星期。我翻頁瀏覽，發現一年不到十人爬到這座遮蔽我家陽光的山上，接著想到我已經把那間屋子當成自己家，還發現留言的人可以追溯到好幾年前。我看到許多名字，也讀到許多平淡的感言。這些人似乎爬上山之後都筋疲力竭，找不到可以表達心情的文字。有些人努力留下吉光片羽，卻也只是陳腔濫調的詩文或不知所云的「屬靈」字句。我往前翻，對人類感到不甚耐煩，也不知道自己想找什麼，看到一九九七年那兩行字才確定。我認得出那個筆跡，也知道背後的精神。他寫道：**從格拉納花了三小時五十八分爬上來，體力還是很好！喬凡尼．葛瓦斯提筆。**

我盯著父親的字良久，墨水已經因為水氣而模糊，簽名也沒有前面兩句話清楚。那種字跡來自於頻繁簽名的人，寫下來的已經不是名字，只是下意識的反射動作。

濃縮在驚嘆號中的就是他那天的好心情。從筆記看來，他獨自登山，我想像他越過碎石坡，像我一樣爬到山頂。他絕對格外留心時間，而且從某個時間點之後就開始趕路，肯定想在四小時之內抵達目的地。他在山頂很開心，以自己的腿力爲榮，看到他那座閃閃發光的山更是雀躍不已。我考慮撕下這一頁帶回家，又覺得這種行爲就像撿回山頂的石頭，有不敬之嫌。最後小心翼翼將簿子裝回塑膠袋，放回金屬盒子。

後來幾週，我發現父親留下的其他訊息。我研究地圖上的路線，前往較低矮的山丘尋找他，例如河谷較低處的不知名小山。八月國定假日之前，我可以看到冰河上有許多組綁著繩索前進的登山隊，來自世界各地的人都湧入山屋。但是我爬的山都沒人，偶爾也只會看到父親那個年紀或更年邁的登山客。我追過他們時，感覺就像見到父親。我猜，對他們而言，也像是看到自己的兒子。他們會看著我趕上，站到旁邊說：「讓路給小夥子！」如果我駐足閒話家常，他們顯然都很開心，所以我開始停下腳步，有時也趁機分享食物。這些人三十年、四十年、五十年來都爬同樣的山，也像我一樣，寧可選擇幾乎一成不變的高山河谷。

蓄著花白落腮鬍的男子說，這就能回到過去，緬懷往日時光。每年踏上同一條步道一回，他彷彿就能重溫往昔，重溯記憶。他和我父親一樣，都在鄉間長大，但他的故鄉是諾瓦拉和維爾切利之間的稻田。他從當年出生的老家就能看到稻田上方的羅莎山，從小就聽大人說，所有的水都來自那座山，無論是飲用水、河水、灌溉農田的水；他們要用的水就來自羅莎山，只要遠方的冰河持續閃爍，就沒有缺水的問題。我喜歡這位老先生，他是鰥夫，極其想念亡妻。他的禿頭上有老人斑，我們邊聊天，他邊在煙斗裝菸草。後來，他從背包拿出水壺，在方糖上倒了兩滴威士忌遞給我。

「吃了這個，你就能像火車頭似的爬上山。」他頓了一下又說：「只有山岳最能讓你想起過去。」我也開始有這層領悟。

我在山頂會看到歪歪斜斜的十字架，有時連十字架都沒有。我可能嚇到高地山羊，但牠們不會因此跑開。公羊對我噴鼻息，顯露不耐煩，母羊和小羊躲在牠們背後。如果走運，就會在十字架下方或石堆中找到金屬盒子。

我看到的簿子上都有父親的簽名，留言有時精練，有時自吹自擂。我回到十年前的時空，結果只找到三個字，「**爬過了。喬凡尼．葛瓦斯提筆。**」某次，他一定覺得自己體力特別好，而且特別有感觸，才會寫下：「**高地山羊、老鷹、新雪。彷**

佛又恢復年輕。」有時則寫著：「**沿路到山頂都飄著濃霧。唱著老歌，內陸平原美不勝收。**」我知道那些歌曲，眞想和他一起在濃霧中高聲歌唱。前一年的另一則留言則帶著感傷：「**許久沒再來過。要是全部的人都能留在這裡，那就太棒了，不必再見任何人，不必再下山回到河谷。**」

全部的人？誰？我很困惑。那天我又在哪裡？不曉得他是否已經開始覺得心臟衰弱，也不曉得他碰上什麼事情才留下這番話。**不必再下山回到河谷。**所以他才夢想住在高山上，偏遠、自外於世，可以離群索居。歸還簿子之前，我在自己的筆記本中抄下他的留言和日期。我從未在那些簿子裡寫過隻字片語。

也許布魯諾和我就住在父親的夢裡。我們在人生暫停的階段重拾友誼，正是一個時期結束，下一個階段尚未開始，只是當時我們都沒意識到。我們在巴馬可以看到底下有老鷹盤旋，看到土撥鼠在地穴洞口警敏張望。我們偶爾會瞥見湖邊有一、兩個釣魚客或健行的人，沒有人望向屋子這裡，我們也不會下去打招呼。八月午後，所有人都離開，我們才會去游泳。湖水冰冷，我們比賽誰能在水裡閉氣最久，然後衝到草地上狂奔，促進血液循環。我們也準備了魚竿，只不過是一根加了鉤子的竿子，我偶爾可以拿蚱蜢當餌釣到魚，晚餐就用爐火烤鱒魚配紅酒。我們會坐在火邊，飲酒到天黑。

這個時期，我也已經睡在山上未完工的屋子裡，就睡在窗下。第一晚，我在睡袋裡盯著星星、聽風，許久都睡不著。我翻身面對屋內，即使在暗夜中也能感覺到岩壁的存在，它彷彿有磁力或引力；那就像即使閉上眼睛，有人伸手到你額頭附近，你還是有感覺。我彷彿睡在山洞裡。

就像布魯諾，我很快就不習慣快步調和文明世界。每週一次下山採買補給品，我總是不甘不願，也驚訝才走幾個小時就回到人群車陣中。商店老闆當我是遊客，也許只是古怪一點，我自己倒無所謂。每次走回步道，我就舒暢多了。我將麵包、蔬果、香腸、起司和紅酒放到騾子背上，拍拍牠的臀部，讓牠自己找到走過許多回的路線。也許我們真的可以永遠住在山上，而且沒有任何人會發現。

天空下起最後的八月雨，我很了解這種天氣，表示山上即將進入秋季。雨停放晴，陽光已經沒那麼溫暖，照射的角度也比較小，影子更長。緩慢移動、輪廓模糊的雲層吞噬了山峰，再次告訴我該離開山林。我對天抗議夏季稍縱即逝，不是才剛開始？怎麼這麼快又過了。

巴馬的雨將青草打彎腰，驚擾平靜湖面。雨水在屋頂上製造出的咚咚響和流動聲音伴著嗶剝響的爐火，這時我們正在幫其中一個房間鋪冷杉木板，用我拆回來的火爐烤暖。我們將火爐裝在岩壁那面的牆邊，背後的岩石會逐漸升溫，將溫度輻射到整間屋子，木板的目的則是保溫。不過往後才能發揮效用，現在沒有門、窗，風從領口灌進衣服裡，雨水也會斜斜打進屋裡。一天的工作結束，將屋子以前的廢棄木材丟進壁爐，感覺頗暢快。

有天晚上，布魯諾聊起他想著手的工程。他要買他伯父的高山牧場，已經存錢存了好一陣子。他的堂哥很想脫手，順便將不好的回憶一起賣掉，所以喊了一個價。布魯諾花光所有積蓄當頭款，希望能向銀行借到尾款。這幾個月待在巴馬就像是測試，現在他知道他能應付這種生活。如果一切照計畫進行，隔年夏天，他就採用同樣的方法施工。他想重建木屋，買些牛羊，希望幾年後就能經營牧場。

「好主意。」我說。

「乳牛現在要不了多少錢。」

「養乳牛的回報率高嗎？」

「不高，但是沒關係。如果我在乎錢，就會繼續當建築工人。」

「你已經不喜歡建築了？」

「當然喜歡，但是我打從一開始就知道那只是暫時餬口。那是我做得來的工作，但不是我這輩子的志業。」

「否則你的志業是什麼？」

「在山上生活。」

語畢，他表情嚴肅。他提起先人時，我只聽過他講過幾次，那些人住在山裡，他從小探索森林、野草地、廢墟，透過這種方式了解他的祖先。以前他以為不得不拋棄這一切，以為他只能和河谷居民選擇同樣的生活。山下才有錢賺，才有工作，山上只有野草和廢墟。他說他的伯父後來都不修理農舍，椅子壞了就當柴燒，草地長出其他植物，他也懶得彎腰拔掉。布魯諾的父親更是一聽到那個地方就罵髒話，他很樂意拿獵槍對準牛羊，想到牧場總有一天會荒廢，他更是莫名地開心。

但是布魯諾不一樣。他不像他的父親、伯父或堂哥，有一天他終於明白自己像誰，知道他為何熱切想回應山林的召喚。

「因為你的母親。」我說。其實我以前從未想過，現在才恍然大悟。

「對，」布魯諾說。「我們很像，我和她一模一樣。」

他歇口氣讓我仔細省思，後來才補上：「可惜她是女人。如果我決定搬到森林住，沒有人會多話。女人做這種事，外人會當她是巫婆。如果我不多話，那有什麼問題？我只是沉默寡言，如果女人不說話，肯定是神經病。」

沒錯，我們就是這麼認定。即使我現在經過格拉納，她給我馬鈴薯、番茄和托馬乳酪帶上山，我們都沒說過幾句話。如今她比我記憶中更瘦、背更駝，她給我的印象依舊是我小時候在菜園看到的那名婦人。

布魯諾說：「如果我媽是男人，她就能過她想過的生活。她不是結婚的料，更不該嫁給我爸。她唯一的好運就是擺脫他。」

「她怎麼辦到的？」

「不說話囉，而且成天和雞隻為伍。你沒辦法對這種人發脾氣，遲早都會任由他們去。」

「她告訴你的？」

「不是，也許她用另一種方法告訴我，這不重要，總之是我自己領會到。」

布魯諾沒說錯。我對自己的父母有類似的理解，也開始反芻他那句話：「她唯一的好運就是擺脫他」，不曉得這是不是也適用於母親。基於我對她的了解，絕對有可能，也許不能說是幸運，可能類似解脫。父親就是難以讓人不意識到，他霸道、跋扈，只要有他在，其他人都不重要，他要求我們的生活要以他爲中心。

「你呢？」布魯諾隔了一會兒之後問我。

「我怎樣？」

「你接下來要做什麼？」

「大概出國吧，如果我有辦法。」

「去哪裡？」

「也許是亞洲，我還不知道。」

我鮮少向他提到我渴望旅遊。我受夠身無分文，何況啓程更需要錢。過去幾年，我只想著打平生活開銷，我不需要我無法擁有的物質，卻沒有餘裕出國走走。我用父親爲數不多的遺產償清債務，希望能構思出需要遠離家鄉的案子。我想搭飛機到某個地方，待上幾個月。我不在乎自己不知道該做什麼，只想看看我能不能發掘出精采的故事。這在我而言是前所未見。

「說走就走，你一定很開心。」布魯諾說。

「要不要一起來？」我打趣問他，但多少也有幾分眞心。我很難過工程即將結束，我和任何人相處從沒覺得如此融洽。

「不了，那不適合我，」他說。「你喜歡來來去去，我喜歡待在同一個地方。就像以前一樣，對吧？」

屋子九月完工，一個房間鋪了木板，一個是石頭房。木板房比較大，有火爐所以較暖和，還有餐桌、兩張箱子形狀的椅子與食物櫃。有些是我從廢棄房屋撿回來的二手家具，經過我努力整理，還用砂紙打磨；有些則是布魯諾用舊地板製作。緊挨著岩壁的屋頂下方有個梯子可以上下的閣樓，那是屋裡最溫暖、最隱蔽之處。餐桌則放在窗邊，用餐時便能望出窗外。石頭房狹小、陰涼，我們打算用來當地窖、實驗室兼儲藏室。先前用到的多數設備、剩餘木材都留在那個房間。屋裡沒有廁所、自來水，沒接電，但窗戶用的是厚玻璃，堅固的大門只上閂不上鎖。只有儲藏室有鎖，目的是預防設備遭竊。但是木板房不上鎖，這是山屋的傳統，登山客如果碰上風雪，才有地方遮風擋雨。屋子四周除了草，如今看來就像個院子，薪柴就堆在牆邊，我的小松樹望著湖泊，看起來就像我移植當天一樣，沒有更茁壯，卻也沒更枯萎。

最後一天，我去格拉納接母親。她穿上登山靴，那是我從小就看過的靴子，我沒見過她買另一雙。我以爲她爬上去一定氣喘吁吁，但她以自己的速度緩緩前進，一次都沒歇腳，跟在後面的我都看在眼裡。兩個小時以來，她一步步往前跨，步伐雖然慢卻相當篤定，彷彿絕對不會絆倒或失去平衡。

她看到布魯諾和我蓋的房子很高興，那是一個日照不長的九月天，河水流量小，草地即將乾枯，空氣不復八月的溫暖。布魯諾點燃火爐，我們在屋內窗前喝茶，好不開心。母親很喜歡那扇窗戶，她凝視窗外時，我和布魯諾忙著整理要帶下山的行囊。我看到她走到外面露台，仔細打量每一個角落，就爲了好好記在心裡，記得這湖泊、這碎石坡、格雷諾群峰、屋子的樣貌。她在石牆站了好一會兒，我前一天才用槌子、鑿子刻字，之後再用黑漆來回塗過。那段文字是：

喬凡尼．葛瓦斯提

一九四二——二〇〇四

謹紀念全世界最美的山屋

她喚我們出去唱歌。愛好登山的人過世時，親友會唱這首歌，歌詞是祈求上帝允許他死後繼續爬山。布魯諾和我都知道這首歌曲，我也覺得再恰當不過。我先前有件事放在心裡琢磨許久，決定現在說出來，母親才能聽到，也才有證人記得。我說我希望這不只是我們的房子，而是屬於我和布魯諾共有。我深信這是父親的希望，他想留給我們兩人。況且這也是我個人的願望，因爲我們一起興建。我說，打從那一刻起，那是我的家，也是他的家。

「你確定？」他問。

「確定。」

「那就這麼辦，謝謝。」他說。

他挑出火爐的餘燼丟到屋外。我關上大門，帶上騾子的轡轡，請我媽帶路。我們三人、一騾啓程回格拉納，就照母親的步調前行。

3 冬天的朋友

Le otto montagne

九

告訴我八座山故事的是位尼泊爾老先生，當時他要從埃弗勒斯峰山腳的河谷前往山屋，背上的那籠雞即將成爲遊客的咖哩雞飯。那個籠子分成十幾個小格子，活蹦亂跳的雞隻就擠在籠子裡。我未曾見過這種裝置，我在尼泊爾山路上看過爲了迎合西方人的口味，所以馱籃裡放了巧克力、餅乾、奶粉、啤酒、威士忌、可口可樂，卻沒見過移動式雞籠。我問對方能不能拍個照，他將籠子放在矮牆上，拆開額頭上固定雞籠的帶子，在雞隻旁擺姿勢，咧嘴微笑。

趁他歇腳時，我們聊了一會兒。他很驚訝我去過他的故鄉，因此發現我不是一般的遊客，還聽到我會講幾句尼泊爾語，便問起我對喜馬拉雅山感興趣的原因。我早就有答案，我告訴他，童年就常爬某座山，也很喜歡那座山，因此想看看世上最美的山岳。

「喔，」他說。「我懂，你要走遍八座山。」

「八座山？」

老人撿起小樹枝在地上畫圓，看得出他常畫畫，手勢很熟練。他在圓圈中畫了一條直徑，又畫了另一條直徑與第一條垂直，接著又畫出另外兩條，最後畫成一個有八根輪輻的輪子。如果是由我來畫，我一定先畫十字架，亞洲人則從圓畫起。

「你看過這種圖嗎？」他問。

「看過，」我回答。「就是曼陀羅。」

「沒錯，」他說。「我們相信地球中心有一座非常高的須彌山，圍繞著須彌山的周圍有八山、八海，這就是人類居住的世界。」

他邊說邊在輪輻外畫了八座小山，小山與小山之間有一個波浪形，這就是所謂的八山、八海。最後在輪子中間畫了一個王冠，我猜那就代表須彌山頂。他打量了作品一會兒，然後搖搖頭，彷彿他畫過一千次，近年來卻越畫越失去準頭。無論如何，他用樹枝指向中心說：「我們問：『誰學到最多呢？是去過八山的人，還是攀上須彌山頂的人？』」

揹雞籠的老人向我笑，我也報以微笑，因為我喜歡這個故事，也自認理解其中奧義。他用手抹掉圖畫，但我不會忘記。我告訴自己，這倒是一個可以告訴布魯諾的好故事。

那些年，我的世界中心就是布魯諾和我一起蓋的屋子。六月到十月時，我會在那裡住上許久，有時還會帶朋友上去，他們個個都對小屋一見鍾情。我在城裡沒有人陪伴，在山上反而有朋友。如果我獨居，我便閱讀、寫作、砍柴、在舊步道上閒晃。我漸漸習慣獨處，偶爾覺得孤單也很自在。夏季的週六，總有人會上山找我，屋子不再是隱士的小屋，比較像是我和父親造訪過的山屋。桌上會擺著葡萄酒，火爐中燒著柴火，朋友熬夜聊天。我們因爲遠離塵囂，那晚就會覺得情同手足。這種親密感溫暖了小屋，也是因爲週末這些訪客，火爐的餘燼才不至於熄滅。

布魯諾也喜歡巴馬的溫暖。傍晚時，他就帶著托馬乳酪和一瓶紅酒出現在小路彼端，或是入夜後聽到他來敲門。我習以爲常，彷彿在海拔兩千公尺高處，半夜接待鄰居來訪再正常不過。如果家裡剛好有客人，他也樂於加入。那時他比平常更多話，似乎平常沉默太久，不吐不快。他在格拉納時就沉浸在他的世界，施工、看書、在森林散步和冥想。他在工地勞動了一整天，我了解他有多想沐浴更衣，無論多累、多想睡，都想走到湖邊。

我常和這些朋友聊到一起住在山裡。我們讀到穆瑞．布克欽[40]，夢想（或假裝懷抱這種夢想）將廢棄村落改造成社會生態學社區，在那裡實驗架構另一種社會。只有在山上才可能實踐，才不會遭到外界干擾。我們知道有人在阿爾卑斯山中進行過類似的實驗，每個都維持不久，最終也都落得不歡而散。但是別人的失敗無法阻止我們做美夢，反而有更多討論題材。食物怎麼辦？電從哪裡來？如何興建屋子？我們還是需要一點現金，那又該怎麼賺？如果我們要送孩子上學，又要送去哪間學校？又該如何解決家庭問題？這可是每個社會的頭號敵人，比私有財產和權勢更可怕。

我們每個週末夜都玩這種烏托邦遊戲，正在興建理想村落的布魯諾則以打擊我們的夢想爲樂。他會說：「沒有水泥，屋子不牢固。沒有肥料，牧場的草都長不出來。我倒想看看你們沒有汽油，怎麼發動鏈鋸砍柴。到了冬天，你們打算吃什麼？學老祖宗一樣吃玉米粥和馬鈴薯嗎？」他還會說：「只有你們城市佬才會用『大自

40 Murray Bookchin（一九二一—二〇〇六），美國社會學家、作家，著有《社會生態學與革命思潮》。他提出社會生態學，主張堅定處理存在於社會中的問題，否則無法清楚理解現有的生態問題，更遑論解決。

然』這個詞，而且這個詞對你們而言非常抽象。我們可以實際指著具體的東西說『木頭』、『草地』、『河流』、『石頭』，這些都是能用的物資。如果不能用，我們連取名都懶得取，因爲沒有意義。」

我喜歡聽他說這些事情，也很開心能看到他熱中地聽著我出國旅遊學到的妙計，因爲只有他有辦法付諸實行。有一年，他從匯入湖泊的小溪引水五十公尺，用鏈鋸挖空落葉松樹幹，在屋子前蓋水池。我們因此有水可飲用、洗滌，但眞正目的是在噴水口下方安裝我從德國訂購寄回的渦輪機。這個塑膠渦輪機的直徑不超過一呎，外觀與玩具風車相仿。

「石頭，你記得嗎？」我們的水車開始轉動時，他開口。

「當然記得。」

這個發電系統可以爲電池充電，屋裡就能聽收音機，還能點亮整晚的燈泡。水車不像太陽能面板或風力渦輪，無論天氣好壞，日夜都能運作，而且不花錢，也不需要任何燃料。這些水來自山上，流進湖泊，經過屋子時，爲我們的夜晚提供光線和音樂。

二〇〇七年夏季，有個女孩和我一起上山，她名叫拉娜。我們只交往了兩個月，別人可能已經展開戀情，我們卻是進入尾聲。我開始打退堂鼓，避不見面，能躲就躲，她就能識相離開，免得我們的關係越來越緊繃。以往我用這種方法無往不利，她卻逼我承認自己的作爲。她難過了一晚，第二天就拋諸腦後。

我們明白彼此即將分道揚鑣，最後這段時光便過得很開心。拉娜很喜歡小屋、湖泊、岩石和格雷諾群山，也喜歡獨自在巴馬附近走走。我很意外她那麼能走，對山上的克難生活也處之泰然。我在那段時期對她的了解，遠遠超過我們同床共枕的兩個月。她說她自小就習慣洗冷水澡，在火爐前烘乾身體。她的故鄉也是山區，多年前爲了求學而離鄉背井，如今頗想念那些山，但也不後悔到城裡生活。她自認和杜林的關係猶如愛情故事，她愛上那裡的街道、人民、夜晚、她做過的工作、住過的地方。那段戀情爲時不短，充滿甜蜜回憶，只是現在已經落幕。

我說我完全明白她的意思，因爲我也有類似的經驗。她投來的悲傷眼神充滿責難和懊惱。下午，我看著她在湖邊脫光衣服，裸泳到類似礁石的岩石邊，片刻之間，我覺得自己可能太早推開她，隨即又想到自己處理關係的態度。此後，我便不再悔恨。

那晚，我邀請布魯諾共餐。當時他的工程已經落後一整年，因爲遲遲拿不到貸款和規劃許可，但已經快完成整修農舍。他腦中只有這件事，當時他忙著和銀行、市議會官員纏鬥，冬天做兩份工賺取夏天施工需要的費用，專心到近乎走火入魔的程度，就像當年我當他助手蓋房子的時期。他整晚講述興建符合建築法規的牛棚和製作乳酪的房間、熟成的地窖；還提到銅、鋼製的設備，與舊倉庫可沖洗的磚瓦。這些事情我都很清楚，但拉娜不明白，他講得口沫橫飛也是因爲她。我看得興味盎然，因爲以前從沒見過老友布魯諾努力討好女人。他用了不尋常的專業術語、手勢誇張，不斷偷瞄她，留心她的反應。

「他喜歡妳。」布魯諾離開之後，我告訴她。

「你怎麼知道？」

「我認識他二十年了，他是我最好的朋友。」

「沒想到你有朋友，」她說。「我還以爲你大老遠就會跑開。」

我不作聲，冷嘲熱諷是小事。離開一個人需要品味，她絕對具備。

那年秋天，我爲了某個工作準備離開杜林，布魯諾突然找我。那是我第一次出發去喜馬拉雅山，興奮之情溢於言表。聽到電話彼端是他的聲音，我很驚訝，部分原因是我們都不重視這種溝通方式，部分原因也是因爲我的心早就飄到異鄉。

他單刀直入，說拉娜回去找他。拉娜？我們下山之後就沒見過對方，現在她獨自回去，想看看高山牧場，了解他的工作和規劃。布魯諾說隔年春天就要投入農業，考慮買三十頭乳牛，用牛奶製作乳酪，而不是賣給酪農，還說他需要雇用一個人。這正中她下懷，她喜歡那個地方，從小習慣與牛羊為伍，立刻自告奮勇。

布魯諾一方面受寵若驚，一方面也憂心忡忡，他沒料想過要與女人共同生活。他問我意見，我說：「她沒問題，做事很有毅力。」

「我知道。」布魯諾說。

「所以呢？」

「但是我不知道你們兩人的關係。」

「喔，」我說。「不知道欸，我們已經兩個月沒見過面。」

「你們吵架？」

「不是，我們已經沒有瓜葛。她能上山和你一起生活，我很高興。」

「你確定？」

「百分之百。完全沒問題。」

「那就好。」

他向我道別，祝我順風。我心想，這個男人來自另一個時代，哪個人即將做那件事還先請求許可？掛斷電話，我對接下來的發展已經瞭然於心。我爲他開心，也爲她高興。然後我沒再想到布魯諾、拉娜或任何人，開始準備前往喜馬拉雅山的行囊。

第一次去尼泊爾就像時光倒流。從加德滿都開車一天，離喧囂人群不到兩百公里，就能看到林木茂密的不規則形狀狹窄河谷，底下有條聽得見卻看不到的河流，村落就蓋在坡度較緩的向陽坡上。村落之間有陡峭的騾子道路，利刃般切過山腰的溪流上有狹窄的繩索吊橋。聚落附近的山上都是種稻的梯田。側看就像半圓狀的台階，外圍是低矮的乾砌石牆，並且分割成千百片小農地。十月是收割農忙季節，我邊爬邊看到忙著工作的農夫，婦人們蹲在田裡，男人在院子打稻殼，將殼和穀粒分開。米就在布上晾乾，其他老婦人再仔細篩選。到處都是孩童，我就看到兩人玩遊戲似的犁田，拿棍子對兩頭公牛又喊又打，催牠們往前。我想起布魯諾的黃色棍子，那是我們第一次見面。他一定會喜歡尼泊爾，這裡還有木犁，還用溪石磨鐮刀，挑夫還揹著籐籃。儘管農夫穿的是球鞋，耳邊還傳來收音機和電視的聲音，我再次看到家鄉山上消失的傳統習俗，而且在這裡還欣欣向榮。一路上我沒看到一間荒廢的農舍。

我和四個義大利登山客一起走向安娜普納峰[41]，我們住在同一個帳篷已經好幾週，我還帶著攝影機。我這次出差工作的酬勞豐厚，從一開始，我就認爲自己交了好運道。我有興趣拍登山紀錄片，也好奇這群人在艱難的環境中有何反應。但是隨著我們接近基地營，路上的風景更令我著迷。當時我便決定工作結束之後要多留一陣子，在海拔較低處旅遊。

登山第二天走到河谷末端便能看到喜馬拉雅山峰，我看到山巒在世界之初的模樣。遠古之前的山脈才剛出現，線條犀利，彷彿造物主才剛雕成，尚未受到時間的風化。六、七千公尺以上的雪景照亮山谷，瀑布從延伸的岩石上往下傾瀉，沖蝕岩壁，隨著瀑布被沖刷的土石在河流中激起水沫。如同蓄著花白落腮鬍的男子所說，水就來自山上。尼泊爾的人一定也知道，因爲他們以豐收、富饒女神的名字爲山取名。一路上都是水，有河流、泉水、運河、婦女洗衣服的盆子，我想春天再來看看

41 Annapurna，位於尼泊爾中北部，海拔八千零九十一公尺。在梵語中有「食物充足」的豐收之意。

這些水，看看氾濫的稻田，看看搖身變成無數面鏡子的山谷。

我不知道一起爬山的登山客是否注意到這些事情。他們迫不及待離開村莊，急著把冰鎬和冰爪踩進閃閃發亮的冰地，我可不是。我跟著挑夫，才能問清楚我不懂的事情，例如田裡種的是哪些蔬菜、爐子燒的是哪種木柴、路上的小寺廟拜的是哪些神祇。樹林沒有冷杉或落葉松，而是一種我認不出的怪異扭曲樹種，後來某個挑夫才告訴我，那是杜鵑花。竟然是杜鵑花！母親最愛這種植物，因爲花期只有夏初幾天，滿山遍野因此被染成粉紅、淺紫和深紫。尼泊爾的杜鵑樹有五、六公尺高，樹皮是黑色，會像鱗片般脫落，葉子則油亮亮的如同月桂樹葉。更上方已經沒有樹林，映入眼簾的不是柳樹、杜松，而是竹林。竹子呢！海拔三千公尺高處竟然有竹林。有些年輕人揹著一捆捆搖擺的竹子經過我們，村民用竹子做屋頂，縱向剖半，一凹一凸相疊，有助雨季排水。牆壁則用石頭砌，以泥巴接合。至於當地居民的屋子，該知道的我早就知道了。

挑夫在路邊的神社放一顆小石頭或樹林裡撿來的花蕾，也勸我依樣畫葫蘆。我們已經進入聖地，此後不能再殺生、吃葷。從那裡開始，民宅外面沒有雞隻，也沒有吃草的山羊。岩礁上有野羊，羊毛長及地面，聽說那是喜馬拉雅山的藍羊[42]。這座山有藍羊，竹林中有類似狒狒的猴子，天上有外貌古怪、緩緩飛翔的禿鷲，我卻覺得熟悉自在。我告訴自己，即使在這裡，即使樹林已經不見蹤影，只剩草地和碎石坡，我依舊覺得輕鬆愉快。這才是屬於我的高度，這才是我最自在的海拔。踏上第一片雪地時，那就是盤旋在我腦中的想法。

隔年我帶經幡回格拉納，我將經幡吊在兩棵落葉松之間，五色旗子可以透過窗戶看到我們。旗子的顏色有藍、白、紅、綠、黃。分別代表藍天、白雲、火焰，綠水、黃土，在樹林影子底下格外顯眼。我常盯著它看整個下午，看著經幡隨著阿爾卑斯山的山風飄揚，在樹枝間舞動。我對尼泊爾的回憶就像這些旗子，鮮明、溫暖，故鄉的山巒更顯荒涼。我健行時，只看到破落的屋子和廢墟。

但是格拉納也有新鮮事。布魯諾和拉娜已經交往了好一陣子，他們無須解釋兩人之間的發展。有時男人的生命中多了一個女人，就會更正經，他似乎就是。她也樂於脫胎換骨，徹底擺脫城市的紛擾，我印象中的失落之情也不復見。她笑聲清脆，

42 blue sheep，分佈在喜馬拉雅山區和內蒙古，棲息在海拔兩千五百公尺到六千五百公尺的開闊坡地和高原，體色可融入背景石坡的灰藍色。

山居生活在她臉上增添一抹嫣紅。布魯諾非常喜歡她，我從來不知道老友有這一面。我第一晚在桌邊聊起旅遊見聞，他無法不觸摸她、撫弄她，一有機會就將手擱在她的腿上、肩頭。即使對我說話，他依舊沒放開她。拉娜在他身邊彷彿比較平和、有自信，她只要一個手勢、一個眼神就足矣。**你在嗎？我在。真的嗎？是啊，我說過，我在這裡**。我心想，這就是情侶。我慶幸世上有這對可人兒，但是在房裡，他們總讓人覺得自己太過多餘。

那年冬天的雪不大，因此布魯諾決定六月第一個週六就到高山牧場，也就是他口中的山上。那天我也去幫忙。他買了二十八頭乳牛，卡車載到格拉納廣場時，每頭都是懷孕的狀態。一趟車程下來，牲口已經焦躁不安，匆匆下車時更哞哞叫，或用牛角戳來戳去。要不是布魯諾、他的母親、拉娜和我站在廣場四周安撫乳牛，牠們可能已經不知道竄到哪個角落。卡車揚長而去。我們帶了兩隻格拉納牧羊名犬家族的黑狗，開始沿著騾道往上爬。布魯諾在最前頭喊著**喔喔喔！欸欸欸！**他的母親和拉娜跟在後面，我殿後，閒適地欣賞這列隊伍。狗兒知道如何完美執行任務，對落後的乳牛汪汪叫，或輕咬牠們的腰窩，除非乳牛歸隊才放開牠們。狗吠聲、牛叫聲和牛鈴聲響淹沒其他聲音，我彷彿目睹嘉年華遊行，或是置身某支死而復活的隊伍。乳牛沿著河谷往上走，途中經過荒廢小屋，經過雜草叢生的矮石牆，經過落葉松的灰色樹樁；那就像血液恢復循環，死人因而復生。森林的狐狸和鹿群一定看到我們走過，不知道是否也和我同樣歡欣鼓舞。

爬到某段路時，拉娜走到我身邊。我們兩個始終沒機會交談，但我猜我們都覺得有必要聊聊。我不明白她爲何挑那個時候找我，因爲我們得對著飛揚的塵土扯開喉嚨。她笑著對我說：「一年前，誰會料到呢？」

我們一年前在哪裡？我納悶著，喔，對了，可能在杜林的夜店。或者在她家床上。

「妳快樂嗎？」我問。

「非常快樂！」她又展開笑顏。

「那麼我就開心。」我知道我們往後不會再提起這件事。

當時蒲公英已經盛開。這些花大清早便一起綻放，山上一片鮮黃，猶如日光漫過山野。乳牛很愛這些香甜的花朵，我們抵達牧場時，牠們在草地散開，彷彿見到等著牠們享用的盛宴。秋季時，布魯諾已經清光牧草地的雜樹叢，如今又像是個井然有序的花園。

「你不拉圍欄線？」他的母親問。

「明天再拉，今天讓牠們放一天假。」

「牠們會踩壞草地。」她抗議。

「不會啦，」布魯諾說。「這些牛不會，放心。」

他的母親搖搖頭。光是那天，她說的話就超過我認識她那麼多年聽到的字句。她拖著一條僵硬的腿跛行上山，走路速度卻不慢。我實在不懂她怎能那麼瘦，縮在寬鬆衣服裡的她詳細檢查、核對每個細節，提供建議和批評，因爲每件事情的做法都有對、錯之分。

三間建築物似乎都恢復往日的模樣，雖然新業主經營的是現代牧業，整修完畢的屋子、牛棚和倉庫都以石頭砌牆、鋪頂。布魯諾進地窖拿了一瓶白酒出來，我記得多年前，他的伯父也做過同樣的事，現在他是新主人。我們沒有椅子可坐，拉娜說他們以後會在戶外做張餐桌，目前只能先站在牛棚門口敬酒，觀賞乳牛適應山上新環境。

十

布魯諾執拗堅持親手擠牛乳，他認為這才是對待這些嬌弱牲口的唯一恰當方法，因為乳牛容易緊張，一點兒風吹草動都會受到驚嚇。他幫每頭乳牛擠奶需要五分鐘，這個速度已經相當快，但是一小時也只能擠十二頭牛，所以全程約莫要兩個半小時。他天還沒亮就得摸黑起床，農場沒有週末假日，他幾乎記不得何謂賴床或和女友繾綣。然而他喜歡這件例行公事，也不肯假手他人，所以黑夜過渡到白天的時間，他都在溫暖的牛棚裡邊工作邊消除睡意。擠奶就像溫柔地逐一叫醒每頭乳牛，牠們才會聞到牧草芬芳、聽到悅耳鳥鳴，開始鼓譟不安地醒轉。

拉娜七點會端咖啡和麵包給他，然後接手帶牛群去吃草，而且一天要放牛兩次。布魯諾則去撈掉前一晚浮到表面的乳脂，將一百五十公升的新鮮牛乳倒到前晚等量牛奶中。他開火煮沸牛乳，加入牛胃膜，到了早上九點，那一大鍋混合物已經可以用棉布過濾，壓進木模。三百公升的牛奶只能做出頂多五、六塊托馬乳酪，總重量不超過三十公斤。

這個階段對布魯諾而言最神祕，因爲他始終拿不定結果，不曉得能不能做成乳酪，也不曉得品質好壞。對他而言，這就像他無法控制的鍊金過程。他只知道要善待乳牛，照前人交代的方法製作。他會將乳脂做成奶油，然後洗鍋子、木桶、提桶、工作台，最後則是清洗牛棚、打開窗戶，將牛糞沖進水溝。

這時已經正午，他吃點東西就上床小寐一小時，夢到長不高的青草、擠不出奶的乳牛、做不成乳酪的牛奶，然後起床，想著要幫小牛蓋圍欄，或是在草地積水處挖溝疏通。下午四點，乳牛又被帶回牛棚擠奶，拉娜七點再領牛群出去，此後就由她接手，牧場已經沒有工作，隨著夜晚到來，一天的忙碌漸漸落幕。

布魯諾就是這時和我聊起這些事。我們坐在屋外等日落，旁邊有半公升的紅酒相伴。我們看著山岳背光坡稀疏的草地，多年前曾去那裡找山羊。黃昏時，山谷下方吹起一股和風，溫度立刻低了幾度，空氣中飄著苔蘚和潮濕土壤的芬芳，也許還有在林子外圍遊蕩的鹿兒的氣味。狗狗聞到就丟下牛群去追，每次一定只有一隻跑走，而且不見得是同一隻，彷彿兩隻狗狗說好要輪流狩獵或看守。現在乳牛比較鎮靜，牛鈴的聲音越來越微弱，音調也更低。

布魯諾不喜歡找我商量財務問題，從來不對我提起債務、帳單、稅務、貸款利率。他寧可聊聊他的夢想、擠牛乳時感受到的親密感，或牛胃膜的神祕。

「牛胃膜是小牛胃部的一小塊，」他解釋。「你想想，小牛的胃幫助牠消化牛乳，我們卻拿來製作乳酪。你不覺得這種方法很有道理？但是又很可怕。沒有這一塊，乳酪無法凝固。」

「不知道當初是誰發現的？」我說。

「一定是那個野人。」

「野人？」

「我們說他是住在森林的老祖宗，蓄著長髮、留鬍子，身上都是樹葉。他偶爾會在村落出現，人們雖然怕他，還是在屋外留食物給他吃，感謝他教他們使用牛胃膜。」

「他長得像棵樹？」

「人、獸、樹合體。」

「本地方言怎麼稱呼他？」

「Omo servadzo。」

當時將近晚上九點，草地上的乳牛只餘一團陰影，拉娜也成了披著羊毛披肩的影子。她動也不動地站著看守牛群，要是有哪一頭走遠，她會叫牠的名字，不需要下口令，狗兒便會自動去趕牛。

「有女野人嗎？」我問。

布魯諾看透我的想法。「她很棒，」他說。「她很強壯，永遠不會累。你知道我不喜歡什麼嗎？和她相處的時間不夠多。工作太多，我四點就要起床，晚上吃飯就開始打盹。」

「談情說愛是冬天的事。」我說。

布魯諾大笑。「沒錯。山上居民很少春天出生，多數人都和小牛一樣，秋天出生。」

那是我唯一一次聽他提起性話題。「你們什麼時候才要結婚？」我問。

「如果由我做主，我一定說馬上結。不想聊結婚話題的人是她，不要在教堂結婚，不想註冊，壓根不想辦婚禮。你們城市佬就是這樣，眞奇怪。」

我們喝完紅酒，趁天未全黑前，起身走回牛棚。有隻狗幫拉娜趕牛回來，聽到牛鈴聲，另一隻也不知道從哪兒趕回來工作。牛群悠閒地排成一列往上走，在水槽前駐足。回到牛棚後，每隻牛都找到愜意的休息姿勢，布魯諾拴住項圈，我負責將牛尾巴高高綁到繩子上，免得牛躺下來之後，尾巴搞得髒兮兮，我也學會快速扭轉手指打結。最後我們關上門，回去吃晚餐，乳牛則在黑暗中反芻。

再晚點，我便帶著手電筒回巴馬。農舍有房間供我留宿，布魯諾和拉娜總邀我住下。不知為何，我堅持道別，踏上通往湖泊的小徑。我彷彿想和那個新家庭保持適當距離，離開是尊重他們，也是保護自己。

我必須保護自己獨居的能力，我花了好一陣子才適應，才覺得自在；然而我總覺得我和獨處的關係並不順利，所以我回家也是為了重建我們之間的默契。如果天空不是烏雲密佈，我會關掉頭燈，我只需要一個弦月、一些星星，就能看清楚落葉松林子之間的小路。那個時間沒有任何動靜，沉睡的森林間只有我的腳步聲和汩汩河水的潑濺聲。在靜夜中，水流聲最清晰，我可以分辨每個河灣、急流、瀑布的不同聲響；草木茂盛處，聲音模糊，碎石坡上，水流聲較清晰。

更高處，就連河流都寂靜無聲，因為沒入岩石下的地底。我聽到較低的聲音，那是吹拂盆地的風聲。湖泊是動態的夜空，晚風將細微的波浪從一邊推到另一邊。

風向改變時，黑水中的星子滅了又亮。我駐足欣賞這些變化，這片景色彷彿召回山巒在遠古的生靈。我無意打擾，大自然也歡迎我做客。我再次明白，在萬物陪伴下，我永遠不孤單。

七月底某個早晨，我和拉娜結伴到村莊。我要回杜林一陣子，她帶熟成六週的第一批乳酪下山。布魯諾找了一頭騾子運貨，不是去年運水泥的那匹灰騾子，而是有深色皮毛的母騾，體型較小，更適合牧場生活。布魯諾做了木馱鞍，鞍裡放了十二塊乳酪，總重六十公斤。這是第一批珍貴商品，以後將會鋪貨到山谷間販售。

對他，對我們而言都是重要大事。放好乳酪之後，布魯諾吻過拉娜，拍拍騾子腰窩，對我點點頭說：「石頭，你知道路。」他向我們道別後就回去清理牛棚。上次蓋房子時，他也認為舟車勞頓不適合他，高地人留在山上，高地人的女人才會來來去去。除非要離開牧場過冬，否則他不會下山。

我們排成一行，我領頭，拉娜和騾子跟在後面，殿後的是隨時都要黏著她的一條狗狗。起初騾子走不穩，必須適應貨物的重量。這種狀況之下，下山得比上山更謹慎，因為馱鞍導致騾子的重心都放在前腳，走到陡峭路段，我們得緊緊拉住牠脖子的轡繩。靠近山下的草原邊緣，小徑跨越河流之後變寬。我就是在這裡看著布魯諾騎機車揚長而去，後來好幾年都沒再見過他。從這裡開始，拉娜和我才能並肩走，追小動物的狗兒在林子裡竄進竄出，騾子就跟在後方，呼吸聲和蹄鐵聲令人心平氣和。

「他叫你那個名字是什麼意思？」拉娜問。

「叫我什麼？」

「Berio。」

「喔，他想提醒我吧，那是他小時候幫我取的綽號。」

「要你記得什麼？」

「那條路。天啊，我來回走過多少遍。以前我八月每天都從格拉納上來，他會離開牧草地，和我一起偷溜，常因此討他的伯父一頓好打，但他不在乎。那都是二十年前的事了，如今我們帶著他做的乳酪下山。一切物換星移，又彷彿從沒變過。」

「變得最多的是什麼？」

「絕對是牧場。還有這條河流，以前大不相同。妳知道我們以前都在河裡玩嗎？」

「知道，」拉娜說。「就是河流遊戲。」

我沉默了好一會兒。想到這條路便憶起我和父親第一次去找布魯諾伯父的情景，拉娜和我下山時，我彷彿看到過去有個男孩走來，後面跟著他的父親。那個氣喘吁吁的父親穿著紅毛衣、寬鬆燈籠褲，鼓勵兒子往前走。「早安！」我想像自己對他說。「這孩子腿力眞好！」不曉得父親會不會停下腳步，與這個來自未來的男子打招呼，而這人身邊還跟著一名女子、一頭騾子、一條狗和好幾塊乳酪。

「布魯諾有點擔心你。」拉娜說。

「擔心我？」

「他說你總是獨來獨往，覺得你不對勁。」

我開始大笑。「你們兩個就聊這件事？」

「妳覺得呢？」

「我不知道。」

她沉吟了一會兒，說出不同的答案：「那是你的選擇。你遲早會厭煩獨來獨往，會找到人生伴侶。現在你自己選擇過這種日子，所以不必擔心。」

「沒錯。」我說。

爲了緩和情緒，我又追了一句：「妳知道他告訴我什麼嗎？說他向妳求婚，妳不肯。」

「那個瘋子？」她大笑。「我絕對不會嫁給他！」

「爲什麼？」

「誰想嫁給一個不想下山的男人？而且這個人花光積蓄只爲了在山上做乳酪？」

「有這麼糟糕嗎？」

「你自己看。我們已經工作一個半月，成果只有這麼一點點。」她指著我們背後。

她面色凝重，好一會兒都不說話，若有所思。都快到目的地時，拉娜說：「我喜歡我們的工作，非常喜歡。就算整天下雨，我得出門牧牛也一樣。這種生活帶給我平靜，我可以把事情想清楚，其中有許多事情再也不重要。如果腦子只想著錢，一定覺得不可思議。但我現在不想過其他生活，只想過這種日子。」

格拉納廣場上停了一部白色小廂型車，旁邊有拖拉機、水泥攪拌機和我停在那兒一個月的車子。路旁有兩名工人正在挖水溝，一個陌生人正在等我們。他大概五十歲，四周景色如常，只有我們覺得怪，因爲這麼多天以來都和牲口相伴，現在竟然看到汽車、柏油和乾淨的衣服。

我幫拉娜從馱鞍拿出托馬乳酪，男子一塊一塊檢查，先摸摸外殼、聞一聞，用指節敲敲裡面是否有氣泡，最後似乎很滿意。他車上有秤重器，他邊秤邊記帳，並將收據遞給拉娜，底下有他們第一次賺到的金額。她看著那個數字，我觀察她的表情，卻看不出一個所以然。她在我車窗外向我道別，便帶著騾子和狗兒踏上來時路。他們的身影消失在森林裡，或者該說林子將他們納爲己有。

回到杜林之後，我清空住了十年的公寓，因爲我很少回來，已經沒必要再留著這個住處。這會兒要離開，我依然覺得感傷不捨。我還記得當年搬進來的心情，那時杜林似乎象徵光明燦爛的未來。不知道那只是幻想，或是這個城市負了我。一天之內搬光幾年下來慢慢添加的細軟，就像收回訂婚戒指，承認失敗。

朋友以便宜價格租給我一個小房間，充當我在杜林的住處。我將其他箱子搬進車裡，運回母親米蘭的住處。我在高速公路上看到羅莎山巍然聳立於霧霾上，猶如海市蜃樓。城裡的高溫曬得柏油快融化，我將東西從一個地方搬到另一個地方，在公寓裡上上下下，彷彿是彌補過去犯下的罪孽。

母親這時住在格拉納，因此我在老家住了一個多月，白天到處拜訪合作的製片，晚間看著窗外的車水馬龍，想像馬路底下乾枯的河流。萬事萬物都不屬於我，我也沒有歸屬感。我想製作一連串喜馬拉雅山的紀錄片，所以得離開好一段時間。經歷了許多徒勞無功的會議之後，終於找到對我有信心的人，對方出的資金不多，勉強可以支付旅遊費用。對我來說，這就夠了。

我九月回格拉納時，已經是寒風呼呼，村莊裡有幾個煙囪都冒著煙。我一下車就覺得身上有個討厭的味道，因此在小路入口的河中洗臉、洗脖子，在森林中還拿落葉松樹枝摩擦雙手。我以往就有這種習慣，但我知道要完全擺脫城市氣味還要好幾天。

河谷邊的牧草開始枯萎。到了布魯諾的產業，過了木板橋之後，河堤邊都是牛群的腳印。從那裡往上的青草已經全數消失，有人剛除草、施肥。有幾塊草地似乎特別光禿禿，因爲每碰上壞天氣，落單的牛聞到雷雨氣味就害怕得狂扒土。當時我也聞得出風雨欲來，空氣中還夾雜著刺鼻的牛糞味、布魯諾家的柴煙。這是他製作乳酪的時間，所以我決定繼續走，下次再來拜訪他。

經過牛棚，我聽到牛鈴響，看到拉娜在高處放牛。那片山坡遠離小徑，還有僅餘的青草。我向她揮手，她早就看到我，也揮揮收攏的傘。這時開始飄雨，我好幾夜都因爲酷暑、多夢而睡不安穩，此時早已筋疲力盡，只想趕快到巴馬，生火睡覺。在山洞裡好好睡上一覺，最能讓我恢復精神。

往後三天起濃霧，我幾乎沒離開屋子。我坐在窗邊，觀察雲霧從河谷升起，潛入森林，穿過落葉松枝葉，漸漸籠罩我的鮮豔經幡，最後徹底吞沒它們。看書或寫作時，屋裡的低壓撲滅爐火，燻得我滿身煙。這時我便出門走進霧裡，舒展筋骨，走到湖邊。我會丟顆石子，石子沒發出聲響就消失，我想像一小群好奇的魚兒繞著石子游。傍晚時，我就聽聽瑞士廣播電台等等，琢磨即將到來的一年。那是沉潛的階段，做一番大事業之前就需要蹲馬步。

到了第三天，有人敲門，是布魯諾。他說：「原來你眞的回來了。要不要上山？」

「現在？」我問，畢竟外面一片迷霧。

「走，帶你看樣東西。」

「牛群怎麼辦？」

「隨便，死不了。」

我們開始往上爬，走向更高處的湖泊。布魯諾穿著橡膠靴，全身髒兮兮，牛糞都沾到大腿高度。他在路上告訴我，他剛從化糞池拉出在濃霧中失足的乳牛。他放聲大笑，迅速地往上走，快到我幾乎跟不上。他說有條狗被毒蛇咬，他之所以知道，是因爲看到狗狗老待在水池旁，總是口渴。布魯諾檢查之後，發現狗狗腫脹的肚子上有被咬穿的痕跡。狗狗悲慘地拖著步伐，拉娜都已經準備將牠放到騾子上，帶去看獸醫，結果布魯諾的母親要他們盡量餵狗喝牛奶，完全不能喝水、吃任何食物。如今狗狗已經康復，也漸漸恢復體力。

他說：「關於動物的知識永遠學不完。」他搖搖頭，繼續走得飛快，我幾乎快跟不上。走向湖泊的路上，他繼續聊乳牛、牛乳、牛糞、青草，因爲我離開的時候發生許多事情，他得盡速說明。他考慮將來要買兔子和雞，但他得蓋個堅固的圍欄，因爲附近有狐狸，還有老鷹。也許大家不信，但是說到牲口、家禽，老鷹比狐狸更危險。

他沒問我在杜林或米蘭的生活，對我那一個月的工作毫無興趣。他說著狐狸、老鷹、兔子和雞，一如往常，假裝世上沒有城市，我也沒在其他地方過日子。我們的友情只存在於山上，山下的事情連提都不該提。

「乳酪生意好嗎？」我們站在小湖邊歇腳時，我問道。

布魯諾聳肩。「就這樣。」他說。

「帳目對嗎？」

他做出苦瓜臉，那表情彷彿我問了討厭的問題，故意給他好看。他說：「帳都交給拉娜，我自己也試過，似乎不擅長。」

我們在濃霧中爬上碎石坡。因爲沒有小徑，我們各走各的路，視線不清，無法跟著錐形石塚，其實幾乎是完全看不到。所以我們順著斜面、直覺和碎石坡本身的輪廓往前。我們盲目往上爬，不時聽到布魯諾在我上方或下方踩落的石子。我看到他的身影就直接往他的方向移動，如果彼此離得太遠，其中一個就會大叫：「欸？」另一個會回：「嘿！」我們就像霧裡的兩艘船，不斷調整方向。

後來我才發現光線有所改變。前方的石頭上有影子，我抬頭看到越來越稀薄的雲霧透著藍色調。再多走幾步，我已經走出霧，四周盡是耀眼陽光，頭頂是九月天，腳底是稠密的白雲。我們已經走到海拔兩千五百多公尺，這個高度以上的幾座山峰就像島鏈，也像浮出水面的背鰭。

我也看到我們偏離了平常走向格雷諾山頂的路線，我不想跨過岔路的碎石坡，決定直接爬上眼前的岩石，看起來也不難。攀岩時，我想像自己是第一人，此等豐功偉業可以在「義大利高山協會」歷史中留名：**格雷諾西北峰：皮耶卓．葛瓦斯提，二〇〇八年**。但是在較上方的岩礁上有幾個生鏽的沙丁魚罐頭，大概有人多年前懶得帶回河谷，所以我再次發現自己不是第一人。

我所在位置和尋常路線之間有個隘道，但是那條路越接近山頂越陡峭。布魯諾就走那條路，我看到他在陡坡上獨特的攀爬風格。他手腳並用，動作迅速，本能地選擇手腳著地的正確位置，而且絕對不把全身重量放在四肢上。有時地面會因爲負重而下陷，但是他已經往前移動。他所過之處都造成小山崩，似乎記錄他的路程。Omo servadzo，野人，我心裡浮現這個字眼。因爲我比他先到山頂，有時間欣賞他的爬山新風格。

「誰教你這種爬法？」我問。

「岩羚。我看過一次就告訴自己，以後也要試試這種方法。」

「有用嗎？」

「呃……還有進步空間。」

「你本來就知道我們會爬到雲海上嗎？」

「我希望我們爬得到。」

我們靠著一堆石頭坐下，以前我就在這堆石子底下找到父親寫的字句。陽光雕琢著岩石每個凸面和凹口，也在布魯諾臉上進行同樣的工程。他的眼角又添了新魚尾紋，顴骨下有陰影，還有幾道我不記得的皺紋。他在農莊上的第一季肯定很辛苦。

這時候似乎很適合對他提起我的旅程。我告訴他，我在米蘭找到足夠資金可以出國至少一年。我想到尼泊爾附近，拍攝山上的居民。喜馬拉雅山河谷有許多聚落，每個都大相逕庭。我十月啓程，那是雨季的尾聲。我的資金不多，但是認識許多在那裡工作的人，他們願意幫忙，也肯收留我。我透露自己已經退掉杜林的公寓，沒找新住處，也覺得沒必要。如果尼泊爾的工作順利，我可能會在那裡停留更久。

布魯諾默默傾聽。我說完之後，他沉思我話中的含意。他看著羅莎山說：「你記得你父親帶我們去爬山那次嗎？」

「當然記得。」

「你知道，我偶爾也會想起來。你覺得那天的冰有掉到山下嗎？」

「應該沒有，大概只掉到半山腰。」

他又問：「喜馬拉雅山像我們的山嗎？」

「不像，」我回答。「一點也不像。」

解釋起來並不容易，但我想試試看，所以我說：「你知道雅典和羅馬那些雄偉的古蹟廢墟嗎？就是那些只剩下幾根柱子，四周都是石牆殘骸那種？喜馬拉雅山就像原本的聖殿，去那裡就像看到原本完整的古蹟，以前看到的只是廢墟。」

我馬上就後悔這個比喻。布魯諾盯著雲海之上的冰河，我心想，往後幾個月都會記得他這個模樣，就像殘垣斷壁的守衛。

他起身說：「該去擠牛乳了，你要下山了嗎？」

「我再待一會兒。」

「挺好的。畢竟誰想下去？」

他走回先前爬上來的隘道，在岩石堆之間消失。幾分鐘後，我又再看到他，那已經是幾百公尺底下。那裡有片雪地往北延伸，他已經走完碎石坡，即將進入雪地。他用腳測試雪地的軟硬度，抬頭望著我的方向揮手，我大動作回應，遠距離之外才看得到。雪地一定很堅硬，因爲布魯諾跳上去，立刻加快速度。他張開雙腿，穿著工作靴往下滑，擺動雙臂保持平衡，而且立刻被濃霧吞噬。

十一

就像山上每個居民，艾妮塔也是秋天出生。

那年我不在義大利。我在尼泊爾接觸到各國民間團體，也和其中許多組織合作。我拍攝紀錄片的村莊正在興建學校、醫院，展開新的農業方案，雇用女性勞工的意識日益成熟，有時還會設立西藏難民營。所見所聞並非都是好事，加德滿都那些幹事只是野心勃勃的政客。我在山上碰到形形色色的人，從老嬉皮到擔任海外義工的學生，從志願醫護人員到平時當建築工人的登山客都有。即使是這些人，也在野心和權勢掙扎中打滾，但他們不缺理想主義，而我喜歡置身於夢想家之中。

六月時，我人在木斯唐，那片貧瘠的高地與西藏比鄰，紅色岩石上蓋著白色屋宅。當時母親來信，說她去格拉納，發現拉娜已經懷孕五個月，她立刻覺得身負重任。整個夏天，她寄來的信都像是病歷簡報。六月，拉娜牧牛時扭傷腳踝，好幾天都得一跛一跛走路。七月，皮膚本來就白皙的她在曬乾草時中暑。八月，背痛、腳水腫的拉娜依舊每週兩次帶著騾子下山賣乳酪。母親喝令她休息，拉娜不肯聽。布魯諾建議另外找人代替她工作，她也拒絕，說每頭乳牛都懷孕，也沒人大驚小怪，看到牠們如此平靜，更幫助她放鬆心情。

我到加德滿都時正是當地的雨季，每天下午都有雷雨鞭打著這個城市。這時瘋狂的機車、單車車陣就會停止，街上野狗會躲到雨棚下，街道漂著爛泥、垃圾，我則關在室內，用電話線和古董電腦接收最新消息。我不知道是該崇拜拉娜呢，還是該崇拜另一個老婦？前者要在高山牧場生下第一個孩子，後者已經七十歲，依舊每個月步行上山看孕婦，再陪她走下山。八月的超音波檢查百分之百確定拉娜懷的是女兒，雖然她繼續牧牛，大腹便便的她只能走在前面，坐在樹下看管牛群。

九月最後一個週日，皮毛被刷洗得亮晶晶的牛群戴著刺繡的皮項圈，牛鈴叮噹響地下山回到山谷，象徵夏季的肅穆尾聲。布魯諾租借冬季牛棚安置乳牛，接下來無事可做，只能等候。他一定照著山地居民的傳統仔細算過，因爲拉娜很快就生產，彷彿寶寶到來的時間也有季節性。

我還記得在哪裡收到母親的消息，那是下德爾帕湖濱，那座湖很像阿爾卑斯山的湖泊，四周都是冷杉林和寺廟，身旁是我在加德滿都認識的女孩。她在城裡的孤兒院工作，當時我們放假幾天，一起去爬山。我們躺在海拔三千五百公尺的山屋中，屋裡沒有火爐，四面牆只是漆成藍色的小瓦片。我們將睡袋放在一起，兩人就縮在睡袋裡。她睡著時，我透過窗戶看到戶外的星空和冷杉樹的尖端。後來我看到月亮升起，想到朋友布魯諾剛成為父親，我良久無法成眠。

我在二〇一〇年回國，發現義大利陷入詭異的經濟危機。我一踏入國門，米蘭就宣告壞消息，機場似乎關閉，跑道上停著四架飛機，空蕩蕩的商店陳列著時尚精品的櫥窗佈置。我搭七月晚間的火車進城，冷氣寒颼颼，我看見到處都是工地，高樓上停著起重機，地平線彼端聳立著造型古怪的高樓大廈。我不明白為何每家報社都喊著沒錢，明明米蘭、杜林都有許多建案，景氣似乎一片大好。我去找老朋友更像是巡視病房，我合作過的製作公司、廣告商、電視台都因為破產而倒閉。許多朋友都搬回家，窩在沙發上，成天無所事事。儘管他們將近四十歲，卻只能打零工，接受退休父母的救濟。其中一個看著窗外告訴我：「你看到各地都在蓋大樓嗎？到底是誰奪走我們應得的收入？」無論去哪裡，空氣中都是這種夢想幻滅的情緒和憤怒，都是這種跨世代的委屈。口袋裡裝著可以離開的機票，我感到格外欣慰。

幾天後，我搭客運上山，又在河谷入口換車，在酒吧下車，以前母親和我就去那裡打電話，只是紅色電話亭早已不見蹤影。一如往常，我步行上山。舊騾道截穿柏油路彎道，夾道兩邊很快就是有刺灌木和樹葉。我放棄走小徑，按照記憶，直接穿過樹林。走出林子時，高塔廢墟邊立著一根電訊塔，溪溝中還有混凝土水壩攔截河流。這個人工小水壩裡都是融雪之後的泥巴，挖土機正挖出泥巴倒在河堤，履帶和爛泥徹底摧毀布魯諾小時候放牛的牧草地。

一如往常，我經過格拉納往前走，彷彿逐一丟下每件有毒害的事。這就像前往安娜普納峰的神聖山谷，只是這裡沒有宗教戒律，一切之所以能維持原狀，純粹是因為無人聞問。我又找到我和布魯諾小時候稱為「鋸木廠」的空地，緣由是因為那裡有兩條軌道，以及一個不知道多久以前用來切建築用木板的鋸木台車。附近有個纜索升降機將木板送到山上放牧場，金屬纜索繞在落葉松樹上，經年累月下來已經陷進樹皮。我不希望這些歲月太早結束，因為我每次回來，都覺得自己回歸到最眞實的自我，這裡最能讓我表現眞我又感到自在。

布魯諾、拉娜、不到一歲的小艾妮塔和我的母親，已經在酪農場等我一起吃午餐。艾妮塔在草地中間的毯子上玩耍，母親盯著她，目光一刻都沒離開，她說：「艾妮塔，妳的皮耶卓叔叔來了，妳看！」立刻抱她過來。小女孩狐疑地看著我，對我的鬍子感到好奇，拉了一拉，發出我聽不懂的聲音，然後對她的新發現哈哈大笑。母親不像彼時我離家道別的老婦，其他事物也不盡相同。整個酪農場比我記憶中更生意盎然，有新添的雞隻、兔子，那頭騾子、乳牛，兩條狗，正在煮玉米粥和燉菜的火爐，屋外的餐桌已經排好餐具。

布魯諾很開心再見到我，還擁抱我，這在我們之間非常罕見，他緊抱我的時候，我不禁納悶他究竟有多大的改變。他鬆開手時，我仔細端詳他的臉，尋找皺紋、白髮等歲月的痕跡。他似乎也觀察我在這方面的改變。我們依舊相同嗎？他要我坐在桌子主位，倒了四杯滿滿的紅酒，慶祝我回來。

我已經不習慣喝酒、吃肉，很快就因為兩者而覺得亢奮。我說個不停，拉娜和母親輪流起身照顧艾妮塔，後來小女娃想睡覺，我覺得兩個女人彷彿有默契，母親立刻抱起孩子，到旁邊哄她睡覺。我帶了茶壺、杯子和紅茶回來當禮物，餐後便遵循西藏傳統，用奶油和鹽泡茶，雖然阿爾卑斯山的奶油不如犛牛奶濃和嗆鼻。泡茶時，我告訴他們，西藏人在各種能想得到的方面都用到奶油。可以用來點燈、當女人的護髮油，天葬時則將奶油和人骨混合。

「什麼？」布魯諾說。

我解釋高原上沒有足夠木材可以火葬，屍體的骨、肉分離後，被丟在山頂等禿鷹啄食。頭骨和骨骸再被砸碎，混合奶油和麵粉，讓鳥兒全部吃乾淨。

「好可怕。」拉娜說。

「哪裡可怕？」布魯諾說。

「你能想像嗎？死者被丟在地上，任憑禿鷹一塊塊啄食？」

「埋在土裡也一樣，」我說。「最後都會被啃噬。」

「沒錯，但是至少你不必看到。」拉娜說。

「我倒覺得是好主意。」布魯諾說。「可以餵鳥。」

但是他覺得我泡的這壺茶很難喝，所以倒掉所有人的茶，重新倒了義式白蘭地。這時我們三人都有點醉意了，他的手繞過拉娜的肩頭，說：「喜馬拉雅山的女孩呢？比得上阿爾卑斯山的女人嗎？」

我竟然無意識地認眞起來，低聲咕噥了一下。

「你不是改當和尚了吧？」

拉娜讀懂了我的沉默，幫我回答：「不是不是，他身邊有人了。」布魯諾打量我的臉笑了，因為他知道她沒說錯，我本能地回頭望向母親，她離我們太遠，所以聽不到。

後來我躺在一棵落葉松下，參天老樹睥睨著屋子上坡的草地。我躺成大字形，半閉著眼睛，雙手枕在腦袋下，透過樹蔭縫隙望著山峰和格雷諾山脊，漸漸醞釀睡意。那片景色總讓我想到父親。我覺得自己是某個奇特家庭的成員，父親就是不經意促成這個家庭的推手。如果父親看到那頓午餐的所有人，不知道有何感想。桌邊坐著他的妻子、兒子、山上另一個沒有血緣關係的兒子、一名年輕女子和一個嬰兒。我暗忖，如果我們真的是兄弟，布魯諾一定是哥哥。有成就的人是他，他會蓋房子、組織家庭、做生意，這個長子有土地，有牲口、有骨肉。我是不成材的小弟，不結婚，沒有子嗣，環遊世界好幾個月都沒消沒息，某天家裡準備吃午餐時才突然現身。爸，誰會想到呢？喝了酒的我想著想著，就在太陽底下睡著了。

那年夏天，我和他們相處了幾個禮拜。我待的時間不夠久，所以還自覺是訪客，卻又久到不該成天無所事事。我兩年不在巴馬已經有後遺症，情節嚴重到我看到房子都想對它道歉。雜草蔓生，有些屋瓦變形、錯位，而且我離開時忘記移開凸出牆壁的煙管，結果被雪壓壞，屋裡也遭殃。只要再過幾年，山林就會將屋子收歸己有，很快又會成爲當年的一片廢墟。我決定用剩餘的時間整修，下次離開，屋子才挺得住。

這段時間和布魯諾與拉娜相處，我發現自己出國期間，還有一件事情也發生質變。只要母親不在，艾妮塔也睡著，酪農場就會從快樂農家轉變成赤字連連的賠本生意，兩個朋友也成爲動不動就鬥嘴的生意夥伴。拉娜沒有其他話題，她說他們製作托馬乳酪的收入連償付貸款都不夠。他們入不敷出，根本無法存錢，欠銀行的債款有增無減。夏季住在農莊，他們幾乎可以自給自足，但是冬季租牛棚的費用加上其他開銷令他們吃不消，只能再去借貸，拿新借款償還前債。

那年夏天，拉娜決定跳過中間人，也就是我見過的批發商，直接賣給店家，即使這會增加她的工作量。她每週兩次開車送貨，女兒就留在格拉納給我母親照顧，布魯諾則負責自理。他們本該雇用人手，可是那又等於回到原點。

她一說起這些事，他就發脾氣。某晚他說：「我們就不能換個話題嗎？我們很少見到石頭，何必開口閉口都是錢？」

拉娜聽了也不高興。「否則要聊什麼？我想想喔，犛牛嗎？你覺得呢，皮耶卓？我們可以養犛牛賺錢嗎？」

「這主意也不壞。」布魯諾說。

「你聽聽他說這什麼話。」拉娜對我說。「他住在山上，不問世事，根本不了解我們凡人的民生疾苦。」接著又對他說：「別忘了，會搞成今天這樣都怪你，對吧？」

「沒錯，」布魯諾說。「欠債的人是我，妳不必這麼擔心。」

她聽到之後便怒目相視，倏然起身離開。他馬上就後悔了。

「她說得對，」他說。「但我能怎麼辦？我已經很拚命了，時時想著錢也無法解決問題，還不如想想其他事情，對不對？」

「你需要多少錢？」我問。

「別問了，你聽到會嚇壞。」

「也許我能幫忙，也許我能留下來幫到夏季結束。」

「謝謝，不必啦。」

「你當然不必付我工資，我能幫上忙就很開心了。」

「不用。」布魯諾簡短回答。

後來到我離開前，我們都沒再提起這個話題。慍怒的拉娜不與我們互動，神情憂慮地照顧小女孩；布魯諾則假裝一切如常。我來回格拉納，採買整修房子需要的材料。我在需要補強的地方重塗水泥，封住煙管，拔除屋子周圍的雜草。我照傳統樣式製作落葉松屋瓦，布魯諾上門時，我正在重新鋪屋頂。也許他來找我去爬山，但是看到我之後就改變心意，和我一起動手修繕。

我們六年前做過這件工程，很快就重拾往日的節奏。布魯諾拆掉舊釘子，我丟到草地上，然後鋪上新屋瓦固定好，他負責釘好。我們什麼也不必說，那一小時似乎回到那年夏天，回到人生有方向又無憂無慮的時光，當時唯一要掛心的就是砌牆、上梁。工程結束得太快，屋頂很快就煥然一新，我到水池裡拿事先準備的兩瓶冰啤酒。

那天早上，我拆了久經日曬雨淋的舊經幡，丟進火爐燒掉。我掛起新的旗子，想到尼泊爾的浮屠，這次便掛在岩壁和房子一隅，而不是兩棵樹之間。現在經幡在父親的墓誌銘上飄揚，彷彿祝福著他。我回到屋頂上時，布魯諾看著旗子。

「那些東西上寫了什麼？」他問。

「祈求好運的祈禱文，」我說。「祈求幸福、平安與和諧。」

「你相信嗎？」

「相信什麼？好運？」

「不是，相信祈禱。」

「我不知道，但我看了就很開心，這就夠了吧？」

「你說得對。」

我想起我們自己的幸運物，便轉頭看看它是否還健在。瑞士五針松小樹還在，就像移植當天一樣嬌弱、歪曲，可是還活著。小樹已經邁向第七年，同樣在風中搖擺，卻無法令人聯想到平安或和諧，眞要說，大概就象徵著頑強韌性，堅毅求生。這在尼泊爾可能不是美德，但是在阿爾卑斯山，也許是。

我打開啤酒，遞一罐給布魯諾，問：「當父親是什麼感覺？」

「什麼感覺？我自己也想知道。」

他望向天空，加了一句：「現在還很輕鬆，我抱著她，輕輕摸她，彷彿她只是小兔子或小貓咪。這點我沒問題，我擅長和動物相處。以後要教她就難了。」

「爲什麼？」

「我懂什麼？我一輩子只了解這個。」

他提到「這個」時，手劃過湖泊、森林、草地和我們眼前的碎石坡。我不知道他是否曾經離開那裡，如果有，又走了多遠。我沒問過，一部分是因爲不想冒犯他，一部分是因爲答案不會改變任何現狀。

他說：「我知道如何擠牛乳、做乳酪、砍樹、蓋房子。如果餓肚子，我也知道如何獵殺動物，料理成食物。這是我從小就學的事情，可是誰教你怎麼當父親？肯定不是我爸爸，最後我還得揍他一頓，要他離我遠一點。我對你說過嗎？」

「沒有。」

「事實如我所說。那天我在工地忙了整天，但我比他強壯。我一定傷了他的自尊，因爲我沒再見過他，可憐的混帳東西。」

他又望向天空。吹拂我的經幡的風將雲層吹向山脊。他說：「我只慶幸艾妮塔是女孩，我只需要好好愛她就好。」

我從未看過他如此低潮。生活不如他所預料，我們還小時，只要他整天不發一語，似乎無法擺脫消沉洩氣的情緒，我就有同樣的無力感。我眞希望有所謂好友間的妙招，可以鼓舞他的士氣。

他離開前，我想起八座山的傳說，他應該會喜歡這個故事。我盡可能仿照雜販敘述的字句和手勢，用鐵釘在木片上畫曼陀羅。

「所以你是走遍八座山的人，我是爬上須彌山的人？」

「似乎是。」

「我們哪個人有成就？」

「是你。」我說。這不是爲了鼓勵他，而是我衷心相信。

布魯諾不語，再次看了我的圖畫，才能記清楚。然後他拍拍我的背，就跳下屋頂。

雖然事情發展不在我的預料之內，我也開始在尼泊爾照顧孩子。地點不是山上，而是加德滿都市郊。這個城市擴張到整個河谷之外，外圍就像世界各地的市郊，盡是貧民窟。那些孩子跟著父母到城裡找生計餬口，有些只剩單親，有些無父無母。然而多數人的父母都在簡陋的小屋做得半死，任憑孩子在街上遊蕩。這些孩子住在山上就不必遭逢這種命運，在加德滿都卻只能當乞丐，或是結黨聚衆販售毒品；加德滿都各地都有翻找垃圾又恍惚的孩子，他們就像野狗或寺廟中的猴子般不足爲奇。

有些組織努力照顧他們，我交往的女孩就在這類組織工作。因爲我自己所見所聞，加上她的敘述，我開始出力幫忙也是理所當然。你會發現自己安身立命之處原來比想像更難預料，我雲遊四海之後，在山腳下的大城落腳，女友從事的工作幾乎和母親如出一轍。只要有機會，我就和她逃到山上，找回在城裡失去的活力。

走過這些路時，我常想到布魯諾。讓我想起他的不是森林、溪流，是那些孩子。我記得他在他們這個年紀的模樣，記得他在逐漸凋零的村莊長大，廢墟是他唯一的遊樂場，學校還改成倉庫。他一身本事，在尼泊爾大有可為。我們用教科書教居無定所的孩子英文、數學，也許我們應該教導他們如何開墾菜園、蓋牛棚、養山羊，所以我有時會幻想拖布魯諾離開那座了無生機的山嶺，幫忙教導另外一批山地居民。我們在世界這個角落，可以聯手做一番大事。

若非其他人介入，我們一定多年不聯絡，彷彿兩人的友誼無須維繫。居中傳遞消息的是母親，因為她太了解我們，畢竟她身邊盡是完全不溝通的男人。她寫信告訴我艾妮塔的事情，聊到她漸漸顯露的個性，說她如同脫韁野馬，描述她大膽無畏的成長歷程。母親很疼這孩子，擔心她的父母關係越來越緊繃。他們工作太辛苦，還不斷想辦法更拚命。工時長到母親夏季住格拉納時，常將艾妮塔帶在身邊，減輕她父母照顧幼兒的重擔。拉娜被債務壓得喘不過氣，布魯諾沉默地躲到工作中。母親沒直接點明她擔心的事，但弦外之音不言而喻，我們兩個都已經預知結局。

他們兩人這種狀況又維持了一段時間，二〇一三年秋天，布魯諾宣告破產，結束乳酪事業，將農場鑰匙交給司法官，拉娜帶著孩子回娘家。根據母親的說法，過程有點出入，拉娜決定離開他，他也放棄事業，認命承認失敗；無論經過如何，都不重要了。然而母親宣佈消息的語調不只悲傷，也帶有警訊，我聽得出她頗擔心布魯諾。**他失去一切，**她寫道，**而且孤零零一人。你幫得了忙嗎？**

我讀了好幾次，接著做了我在尼泊爾從未做過的事情。我起身離開電腦，向店家借電話，就到電話亭撥義大利國碼和布魯諾的號碼。加德滿都的人似乎都在那種地方殺時間，老闆正在吃飯配扁豆，有個老人坐在他旁邊看他吃飯，兩個孩子在電話亭外面偷看我要做什麼。電話響了五、六聲，我覺得布魯諾大概不會接了。我了解他，他可能將手機丟到森林，老死不再與任何人往來。結果聽到喀嗒聲，摸弄的聲音聽起來很遙遠，有人試探性地說：「喂？」

「布魯諾，」我大吼：「是我，皮耶卓啊。」

男孩一聽到我講義大利語就哄堂大笑，我壓緊話筒。長途電話的不即時反應更添躊躇，接著布魯諾說：「我也希望是你打來。」

他不想談他和拉娜的事情，反正我多少也能想像。我問他好不好，問他計畫做什麼。

「我很好，只覺得累。你知道他們收走農場嗎？」

「知道，那些牛怎麼辦？」

「喔，送走了。」

「艾妮塔呢？」

「拉娜帶她回娘家，那裡有的是房間。我有她們的消息，她們過得很好。」他又補了一句：「有件事想找你商量。」

「你說。」

「我能不能去巴馬住，因為我不知道要去哪裡。」

「你真想到山上住嗎？」

「你知道，我不想見任何人，我想在山裡待一陣子。」

「在山裡」就是他的措辭。在加德滿都的電話中聽到他的聲音很怪，那聲音沙啞、失真，我幾乎聽不出來，但我又確切知道那就是他，是布魯諾，我的老友。

「當然可以，想住多久都無所謂，那是你的房子。」

「謝謝。」

我有話想說，卻難以啓齒。我們不習慣向彼此求援，也不習慣伸出援手。最後我還是開門見山地問：「你要我過去嗎？」

以前布魯諾一定立刻要我留在原地，最後他終於搭腔時，那語氣很陌生，有點諷刺，也可說卸下心防。

「如果可以當然好。」

「我處理完事情馬上回去，好嗎？」

「好。」

那是十月傍晚，離開打電話的地方時，城裡已經入夜。那裡的街道沒有燈光，人們日落就趕著回家，夜幕低垂帶來的是焦慮。外面有野狗、塵土、機車，還有一頭牛躺在路中央擋住車流。旅客正要前往餐廳、飯店，那是典型的夏末夜晚。格拉納已經入冬，那時我才想到，我從未看過格拉納的冬季。

十二

十月的格拉納河谷水量極少，已經覆上一層冰霜。當地呈現褐色、紅黃色、紅褐色，草地彷彿剛被野火燒過。但是森林的野火還熊熊燃燒著，落葉松在山腰綻放著金色、古銅色，襯著松樹的蒼綠，光是抬頭望天都覺得心頭一股暖流。太陽不再落到底下河谷，腳下的土壤堅實，有些地方已經結了一層霜。我在小木橋上彎腰掬水喝，看到秋季對我的小河施了魔咒。冰就像幻燈片和照片，濕滑的石頭彷彿覆蓋著玻璃，冰裏住的乾草猶如鑄鐵雕像。

前往布魯諾的農場途中，我和一群獵人錯身而過。他們穿著迷彩夾克，脖子上掛著望遠鏡，卻沒帶獵槍。他們看起來不像當地居民，也許秋季也換了一批人住，我才是他們眼中的外人。他們彼此用方言交談，看到我便沉默下來，打量我一眼就繼續往前。我很快就發現他們駐紮的地方就是農場，就在布魯諾和我會坐上一整個下午的長椅上。我在那附近看到菸屁股和皺巴巴的香菸包裝。他們肯定一早就上山，從制高點觀察森林。布魯諾離開前將所有東西整理得井然有序，關好牛棚門，拉下百葉窗，將木材排在屋子邊，水槽靠著牆邊倒扣。他甚至將糞肥鋪在枯黃的草地上，牛糞到現在已經乾透，也無臭無味了。這裡就像一般準備過冬的阿爾卑斯山農場，我徘徊了一會兒，懷念上次造訪時還生意盎然的時光。山谷另一邊傳來的低吼劃破寂靜，我只聽過這種聲音幾次，但是聽一次就能永生難忘。那是求偶期的雄鹿威嚇對手所發出的震撼、原始怒吼，儘管現在已經過了繁殖季節。也許那頭公鹿只是暴怒，這時我才明白那些獵人的目標。

之後山上的湖泊也有類似的情況。太陽幾乎隱藏在格雷諾群峰後，正午面對陽光的碎石坡因此變得溫暖。但是山坡底下的河口即使在這個時間也照不到陽光，水面已經結了一層冰，陰暗的半月形湖泊發出光澤。我用樹枝稍微戳一下，薄冰便破裂。我從水裡撿起一小片，就著陽光觀察，突然聽到鏈鋸發動的聲音，馬達隆隆響，緊接著便是刀刃切入木材的聲音。我四處張望，尋找聲音來源。巴馬上方的山坡上有個落葉松樹叢，在那個類似梯田的地方，有棵枯萎的灰色樹木在底下的黃色葉叢鶴立雞群。我聽到鏈鋸切入木材兩次，然後伐木人得停下來繞到樹幹另一邊，再啓動鋸子。我看到大樹緩緩傾斜，最後突然倒塌，樹枝應聲折斷。

「我能說什麼，皮耶卓？一切都不順利。」某個晚上，布魯諾這麼說，然後聳聳肩，表示他對這件事已經無話可說。他喝著放在爐子上不斷加熱的咖啡，望著五點就已經天黑的戶外。我們在家裡用蠟燭，因爲沒有足夠河水可以啓動發電機。我在另一個房間看到兩大包白蠟燭，還有好幾袋的玉米粉、最後一批手工乳酪中僅存的兩大塊、許多罐頭、馬鈴薯和好幾箱紅酒。從儲藏的糧食分量看來，這個人不急著下山。自從我們通過電話之後，布魯諾那個月都在準備補給品，煞費苦心地以自己的方式哀悼。酪農場的生意很差，他和拉娜的關係越來越僵，他提到這些事情（或者應該說避而不談）時，彷彿一切發生在久遠以前，他已經鮮少想起。他不想記得那段生活，似乎想徹底忘卻。

我們這段時間都在準備過冬的木柴。早晨就觀察山坡，尋找枯萎的樹木，爬到山上砍下。我們先砍掉樹枝，布魯諾鋸下頂端，再花好幾小時搬回屋外。我們用強韌的繩索綑綁，靠自己的蠻力拖下山。舊木板充當枕木，森林裡到處都有我們蓋的斜坡，還用堆高的樹枝當堤防，免得我們走到陡峭山坡時，手滑拉不住樹幹。但是拖著拖著，木材遲早會卡住，我們又得想辦法拉出來。這時布魯諾會罵髒話，他用十字鍬的手法就像伐木工人使鋤，以槓桿原理抬高樹幹轉半圈，試過一邊之後再試另一邊，口中不斷咒罵，最後索性將十字鍬丟到地上，又拿起鏈鋸。以前我向來欣賞他的工作風格，覺得他用任何工具都優雅從容，只是那個他已經消失得無影無蹤。現在他憤怒地亂揮鋸子，鋸子不是突然停住，就是速度太快。如果汽油都用光，他也想丟開鏈鋸。最後我們終於將樹幹砍成小塊，只是這又造成另一個問題，我們得走好幾趟才能將木柴搬回家。之後還得用榔頭和楔子砍柴到天黑，鐵鍬的聲音在山裡迴盪著，如果是布魯諾負責，聲音便越來越尖銳、不耐煩；如果換我劈柴，聲音就沒那麼篤定，節奏也比較凌亂。最後完全劈完樹幹，我們才會收起斧頭。

格雷諾的雪還下得稀稀疏疏。所以碎石坡、樹叢、礦脈、岩床露頭都依稀可見，冬雪彷彿只是一層薄霜。但是月底時冷鋒來襲，溫度驟降，湖泊一夜之間結凍。隔天我去查看，湖濱附近的冰灰撲撲、沒有光澤，裡面有無數氣泡；離岸邊越遠，那冰雪的顏色就越暗越黑。我用樹枝甚至戳不出凹洞，決定冒險走上去，看看能否支撐我的體重。我才走幾步就聽到湖底深處的隆隆聲，立刻衝回岸上。安然站在岸邊時又聽到那種不祥的聲音，就像不斷被敲擊的低音鼓，速度極其緩慢、規律，可能一分鐘甚至更長的時間才響一次。那一定是水流從底下衝擊表面冰塊的聲音，因為白晝到來，湖水似乎想撞破冰雪形成的陵墓。

日落之後，無止境的夜晚就揭幕。河谷盡頭地平線的一抹紅暈不到幾分鐘就成為一片漆黑，從那時到睡前，光線都一樣，無論六點或八點，我們就安靜地坐在火爐前，每人就著一根蠟燭和爐火光線閱讀，紅酒是晚餐的奢侈品，但也經過定量分配才能多喝一陣子。那段時間，我用各種可能想到的方式料理馬鈴薯，蠟燭就放在鍋子旁，才能看個清楚，我水煮、用烤箱烤、用鐵網烤、用奶油煎、用窯火烤，或佐以融化的托馬乳酪。我們十分鐘就吃完，往後兩、三小時便相對兩無言。總之我等著（儘管我也不知道自己等什麼），結果什麼也沒發生。我從尼泊爾回來拯救朋友，朋友似乎不需要我。只要我開口問，他就打迷糊仗，從一開始回答就不打算繼續深談。他可以一小時都盯著爐火，我就快放棄時，他卻突然開口，講得卻沒頭沒尾，似乎只是說出腦中的思緒。

有一天晚上，他說：「我去過米蘭一次。」

「是嗎？」我說。

「很久以前了，當時大概只有二十歲吧。那天我和老闆吵架，離開工地。整個下午都沒事，就對自己說：『我現在就去。』我開車上了高速公路，晚上就到。我想在米蘭喝杯啤酒，在第一家酒吧停下來喝酒，喝完就開車回家。」

「你對米蘭有什麼看法？」

「沒什麼想法，人太多。」

然後他補了一句：「我也去過海邊。有一次我去熱那亞看海。我在車上準備了毯子，我就睡在車上，反正家裡也沒有人等門。」

「那天的海怎麼樣？」

「就像一座大湖。」

他的敘述就是這個風格，可能是眞心話，也可能不是，總之我都無法接話。只有一次，他突然冒出一句：「以前我們傍晚坐在牛棚前面，感覺很開心，你說對不對？」

我放下當時正在看的書說：「對，非常開心。」

「你記得七月夜幕低垂，一切都平靜下來的氣氛嗎？那是我在一天當中最喜歡的時間。我起床擠牛乳時，外面天還黑著。她們兩個還沒起床，我彷彿照顧看守所有事情，她們能睡得那麼香甜，都是因爲有我在。」

他追了一句：「很傻吧？我就是這麼想。」

「我不覺得哪裡傻。」

「當然傻，因爲沒有人能照顧另一個人，光管好自己就很難了。如果男人夠聰明，就該隨時都能應付各種狀況。但是，他們一旦自作聰明就完了。」

「成家立業是自作聰明嗎？」

「對某些人來說也許是。」

「『那些人』把孩子帶到這世界之前應該想清楚。」

「你說得對。」布魯諾說。

我在昏暗不明的屋裡盯著他瞧，努力地搞懂他究竟想些什麼。他有一半的面孔被爐火照出黃暈，另一半則完全陷入黑暗。

「所以這是什麼意思？」我問，他盯著火爐，似乎當我是透明人。

我越來越不耐煩，最後走到天黑的屋外，點菸尋求陪伴。我留在外面找那些看不到的星星，自問回來這裡究竟有何意義，最後才發現自己冷得牙齒直打顫。我回到溫暖、陰暗、煙霧瀰漫的屋裡。布魯諾從頭到尾都沒動過，我在火爐前面烤暖雙腳，然後上閣樓縮進睡袋裡。

隔天早上，我先起床。在天光中，我不想與人共享斗室，沒喝咖啡就出門散步。

我去觀賞湖泊，發現才一晚的光景，湖上已經結了一層寒霜，秋風把這層霜吹過來、掃過去。風吹得冰霜一陣騷動、冒煙，片刻之間起了旋風，須臾之間又風平浪靜，彷彿一刻不得閒的精靈。冰霜下的冰塊黑得像石頭，我站在那兒觀賞時，一聲槍響迴盪在山谷中，聲波從一邊彈到另一邊，很難判斷是從下方森林或山上傳來。我直覺往上找，目光掃過碎石坡和山坡，尋找蛛絲馬跡。

回到巴馬，我看到兩個獵人來找布魯諾。他們帶著現代槍械，槍上還有瞄準裝置。其中一個打開背包，在布魯諾腳邊放了一個黑袋子。另一個發現我來，對我點點頭。那動作很熟悉，我才想起他們就是賣農莊給布魯諾的堂哥。我已經二十五年沒見過他們，沒想到他們還有聯絡，也不知道他們怎麼到這裡找到他；誰曉得格拉納還有多少事情是我所無法想像。

他們離開之後，黑色袋子出現了一頭已經取出內臟的岩羚。布魯諾將動物頭下腳上地掛在落葉松樹枝上，我發現這是雌性。這頭動物已經換上冬季的深色皮毛，背部中央有道粗黑線，纖細的頸項彼端垂掛著失去生命的鼻子，還有兩根像鉤子的角。在早晨冷冽的空氣中，腹部中間的刀口依舊冒著蒸氣。

布魯諾進門去拿刀子，工作之前仔仔細細地磨刀。接下來的作業流程精準、到位，他似乎一生只做過這件事。他繞著岩羚後肢小腿切割，刀子一路劃過大腿到鼠蹊處的切口。刀子又往回拉，從小腿前側切下一小塊，放下刀子之後，兩手拉住那片毛皮用力往下拉，露出整隻大腿，在另一邊大腿也用同樣手法。毛皮之下有層黏稠的白色組織，那是岩羚幾個月以來儲存的脂肪，以俾過冬，脂肪之下就能瞥見粉紅色的肉。布魯諾又拿起刀子，在胸口劃了一刀，在前腿劃了兩刀，再次抓住半垂的獸皮用力扯。撥開獸皮需要一定的力道，但是他大可不必那麼用力，彷彿我來了之後，他忍著不發脾氣，趁機一次發作。獸皮就像一件衣服，整張脫落。他左手抓住一角，用刀子在脖子之間的脊椎摸索了一下，接著我便聽到骨頭斷裂的聲響。岩羚的頭顱與獸皮一起脫落，布魯諾將整張獸皮攤在地上，皮毛那面放在草地上，皮膚那面朝上。

岩羚看起來小多了。被剝了皮又少了首級，看起來已經不像岩羚，只是肉、骨頭和軟骨，就像吊在超市冰櫃的動物屍體。布魯諾將手伸進屍體胸腔，扯出心、肺，再把屍體轉過去。他用手指順著脊骨找肌肉的筋脈，輕巧地切開，再順著剛剛那條線插進刀子。他切下的肉是暗紅色，兩塊長條狀的肉血淋淋。現在他的雙手也沾滿血，我看夠了，沒留下來看他支解完整頭岩羚。最後回家時，我看到樹上掛著清潔溜溜的骨骸。

又過了幾小時，我說我準備離開。我在餐桌邊想重拾前一天的話題，這次希望更單刀直入。我問他對艾妮塔有何打算，他和拉娜有何協議，聖誕節會不會去探望她們母女。

「可能不會聖誕節過去。」他回答。

「否則什麼時候？」

「不知道，大概春季吧。」

「**也許**是夏季？」

「去不去又有什麼差別？她和她媽媽在一起比較妥當，不是嗎？難道你要我在這裡撫養她長大？和我一起過這種生活？」

他說「這裡」時又用到同樣手勢，彷彿底下的河谷是看不到的邊界，那道牆只隔開他，阻絕他與全世界的聯繫。

「也許你應該下山，」我說。「也許你才是那個應該改變生活方式的人。」

「我？」布魯諾說。「石頭，你忘記我是誰了嗎？」

是，我記得。他是牧牛的人、是泥水匠、是山裡的居民，最重要的，他是他父親的兒子。他也會從他孩子的人生中銷聲匿跡，兩人並無二致。我看著面前的盤子，布魯諾準備了獵人的山珍佳餚，用葡萄酒和洋蔥料理岩羚的心、肺，但是我幾乎完全沒碰。

「你不吃？」他很失望。

「我的腸胃吃不消。」我回答。

我推開盤子說：「我今天要下山，我還有幾件工作上的事情要處理。離開之前，可能會再來向你道別。」

「好啊。」布魯諾沒看我。他不相信，我也不信。我端起盤子，開門將食物丟給野外的烏鴉和狐狸，牠們的消化系統比我強健多了。

十二月時，我決定去看拉娜。滑雪季剛開始，我就順著河谷上山。那裡的景色和格拉納沒有太大的差異，我開車時想到，就某種程度而言，每座山都一樣，只是這裡的景象不會讓我想到自己，或我曾經關心的親友，那才是最大的差別。特定地點就像回憶的守護者，每次回去都能看到往日點點滴滴。這種山在每個人的一生都只有一座，相較之下，其他山岳只是不重要的山峰，即使是喜馬拉雅山，也不會顯得更了不起。

河谷口有個小滑雪場。在不景氣和氣候變化之下，當地只有兩、三個店家還在營業。拉娜就在阿爾卑斯山屋風格的餐廳上班，附近就是滑雪纜車口，那棟建築之做作，就像雪道上的人工造雪一樣虛假。她穿著服務生的圍裙擁抱我，臉上的笑容藏不住她有多疲憊。拉娜很年輕，才三十歲，但是她過年長婦女的生活已經好幾年，歲月在她身上留下痕跡。附近沒幾個滑雪客，所以她問過同事之後就來坐在我旁邊。

我們聊天時，她給我看艾妮塔的照片，那個滿臉笑容的金髮瘦弱女孩抱著比她還龐大的黑狗。她說女兒第一年上學，大人很難說服她守規矩，起初根本就是個小野人。她常和人打架，動不動就尖叫，否則就坐在角落，整天不說話。如今她可能越來越文明，拉娜大笑說：「但是她最愛的事情還是我帶她去農場。她在那裡覺得自在，任牛舔她的手。你知道，牛的舌頭很粗糙，她卻一點兒也不怕。山羊或馬也一樣，她喜歡各種動物。我希望她永遠不會變，也永遠記得。」

她停下來啜口茶。我看到她握著杯子的雙手發紅，指甲都咬到前端露出嫩肉。她環顧餐廳說：「你知道，我十六歲時也在這裡工作。整個冬天的週六、週日都要上班，朋友卻去滑雪。當時我好討厭他們。」

「其實這裡也不賴。」我說。

「糟透了，我從沒想過自己還會再回來。但是就像人們說的，有時要倒退一步才能往前走。不過你必須夠謙卑，願意承認這一點。」

她說的是布魯諾。我們一提到這個話題，她就無情地批評他。她說酪農場在兩、三年前顯然就挺不住了，那時候還來得及找到解決方法。賣掉乳牛、出租農場，兩人都去找工作。很快就會有工地、酪農加工場，甚至滑雪勝地願意雇用布魯諾，她可以去當售貨員或服務生。她已經準備好過這種更平凡的生活，改善經濟狀況。布魯諾聽都不肯聽，他不願意過其他生活。後來她終於發現，她們母女或是她以為兩人之間建立的感情，都不如他珍貴的山嶺重要，儘管她並不了解那座山對他的意義。一旦她明白這一點，對她而言，他們的關係就結束了。她隔天就開始想像遠離農場的未來，想像她們母女沒有他的生活。

她說：「有時愛情會逐漸磨損，有時說停就停。不是嗎？」

「呃，我不了解愛情。」我回答。

「也對，我忘了。」

「我去看過他，他現在住巴馬。他想留在那裡，不願意下山。」

「我知道，」拉娜說。「他是最後一批山地居民。」

「我不知道該如何幫助他。」

「放棄吧，不想得到幫忙的人，你是幫不了的。隨他去吧。」

她看看錶，與櫃檯的同事交換一個眼神，便起身回去工作。這是服務生拉娜。我記得她以前撐著一把黑傘，自豪地站在雨中放牛，一動也不動。

「幫我向艾妮塔打招呼。」我說。

「在她二十歲之前來看她吧！」她說，又擁抱我，這次比前一次更緊。那個擁抱象徵一切盡在不言中，可能是情緒的波動，也可能是懷念。我離開時，第一批滑雪客正要進餐廳用餐，他們戴著滑雪頭盔、連身套裝、踩著塑膠滑雪靴，猶如外星人。

十二月底時，雪突然狂下，聖誕節時，連米蘭都下起雪。午餐後，我望著窗外從小看大的街道，幾部車子謹慎地慢慢開過，有部車在紅綠燈下打滑，停在十字路口。小朋友在街上互丟雪球，那些埃及孩子可能從沒看過雪。我四天後就要搭機回加德滿都，但是我現在想的不是尼泊爾，而是布魯諾，彷彿世上只有我一人知道他在山上。

母親走到我旁邊。她邀了朋友來午餐，她們開心地在桌邊聊天，等待甜點，氣氛歡樂。家裡放著母親每年都要擺的耶穌誕生的場景，旁邊有她在格拉納採集的苔蘚，桌上有紅色桌巾、義大利氣泡酒，桌邊有她的好朋友。我再次羨慕她交朋友的天分，她可不願意悲傷、孤單地老去。

她說：「我覺得你應該再試試看。」

「我知道，」我回答。「只是不知道能不能改變任何事情。」

我開窗，伸手到外面，等雪花降臨我的手心。那片雪又重又濕，一碰到我的肌膚就融化。不知道海拔兩千公尺高處是什麼景況。

隔天我買了可以上高速公路的雪鏈，在路上遇到的河谷第一家商店買了雪靴，加入米蘭和杜林出發的車陣中。幾乎所有車頂都放著滑雪板，畢竟最近幾季都沒什麼雪，大家衝進山裡的態勢彷彿碰到遊樂園重新開張。沒有一部車在格拉納下交流道，幾個轉彎之後，我沒再看到任何人。馬路拐過岩石時，我再次進入我童年的世界。

牛棚、乾草堆邊都有積雪。拖拉機、小屋錫鐵屋頂、手推車、糞肥堆上也積了雪。荒廢建築物中下滿了雪，幾乎整棟隱身在雪中。村莊民宅之間清出一條窄窄的道路，可能要歸功於在屋頂上剷雪的兩名男子。他們往上看，懶得費神向我打招呼。我把車子停在更遠的地方，除雪機沒開到那裡，也可能是索性放棄，清除可以迴轉的足夠空間就掉頭離開。我戴上手套，因爲最近我的手一受寒就凍傷；在靴子下套上雪鞋，翻過阻擋道路的堅硬雪牆，跳到後方的新雪上。

那段路在夏天只需要兩小時，我這次走了四個多小時。儘管套上雪鞋，膝蓋以下依舊陷進雪裡。我靠記憶找路，至於判斷方向，就只能靠凸起物、山坡、積雪松樹林之間依稀可辨的小徑，因爲沒有足跡可以依循，也看不到以往路面上的參考基準點。大雪埋住纜車的起重索套、廢棄屋牆、從牧場挖出來的石堆、歷史悠久的落葉松殘樁。原來河流所在處只剩下兩個略微凸起的河岸和凹陷處，我隨便選個地方跨過，一腳跳進新雪，雙手往前撲，幸好沒受傷。另一邊的斜坡變得非常陡峭，每走三、四步，我就往後滑，腳底的雪也往下落。這時我就得手腳並用，將雪鞋尖端插進雪裡當冰爪使用，再接再厲走下去。抵達布魯諾的農場，我才明白最近下了多少雪。雪已經積到牛棚窗戶一半的高度，但是面對山嶺那面被風吹出一步之寬的隧道，我站在那裡喘口氣。那一小塊地面的草已經枯萎，像石牆一樣灰黑。周遭都沒有陽光，只有白色、灰色和黑色，雪依舊下不停。

我上山之後，發現湖泊也消失了，只剩一個堆滿白雪的盆地，彷彿山腳下的窪地。這是我這麼多年以來，頭一次直接橫越湖面，前往巴馬。感覺極其詭異，我竟然能在大量的水上步行。才穿越一半，就聽到有人大叫。

「嘿！石頭！」

我聽到後抬頭，看到布魯諾在更高的山坡上，是樹木線上方的小黑點。他揮手，我也回應之後，他就衝下來，我這才發現他一定穿了滑雪板。他呈斜角往下滑，雙腿大開，一點也不帥氣，就像他夏季離開冰河的模樣。他的雙臂也張開，胸膛往前傾，重心似乎很不穩。但是他碰到第一棵落葉松時，我看到他拐向旁邊，果斷地控制方向，避開樹木，從更高處滑到格雷諾的主要山峽才停住。夏季時，那個山峽有一條小溪，現在就像寬敞的積雪滑道，而且一路通往湖泊，中間沒有任何障礙。布魯諾評估我們之間這段距離的坡道有多陡峭，然後將滑雪板對準我，再度出發。他在山峽的速度越來越快，真不知道他如果跌倒該怎麼辦，但是他保持直立，衝進盆地，漸漸在平坦處剎車，滑到我面前停住。

他滿身是汗，對我微笑：「看到了嗎？」他氣喘吁吁。他舉起一只滑雪板，看起來有三、四十年之久，似乎是軍隊補給品。他說：「我去我伯父地窖找鏟子，結果找到這個。這對滑雪板在那裡放了好多年，不知道原來的主人是誰。」

「你剛學會嗎？」

「大概一週前吧。你知道哪一點最難嗎？就是你不要看著以為會撞上的樹，如果看了，一定會直接撞上。」

「你是瘋子。」我說。布魯諾大笑，拍拍我的背。他留了花白的長鬍鬚，幸福的眼神閃閃發光。他一定瘦了，因為輪廓更鮮明。

「對了，聖誕快樂，」他說。「跟我來。」彷彿我們是巧遇，需要去敬酒慶祝這個巧合。他將滑雪板揹在背上，幫我在山坡上清出一條路，他一定是學滑雪時發現這條路線。

我看到岩壁上的小屋周遭堆著和屋子一樣高的雪，憐憫之心幾乎油然而起。布魯諾已經清除屋頂積雪，在屋子四周挖出壕溝，最後再拓寬成門前的小矩形。我走進屋子彷彿進入洞穴，覺得溫馨、熱情，卻也比之前更擠、更亂。現在窗子被封死，玻璃彼端只有一層又一層的白雪。我還來不及脫掉濕衣服，坐到桌邊，就聽到某樣東西重重落到屋瓦上。我本能地抬頭，擔心屋頂垮在我身上。

布魯諾大笑說：「你上次有好好整修屋頂嗎？這下我們可以看看屋頂能不能頂住了。」

咚咚聲沒停下，但是他似乎不以爲意。我習慣之後，開始注意到屋裡在這段期間的更動。布魯諾在牆上釘了更多櫃子，放上他的書、衣服和工具。這間房子有了前所未有的新氣象，彷彿有人長居。

倒了兩杯紅酒之後，他對我說：「我要道歉，抱歉上次那麼彆扭。我很高興你又回來，本來我都放棄了。我們還是朋友吧？」

「當然。」我說。

我開始放輕鬆，他重新點燃爐火，提著水桶出去，帶了整桶雪回來，等著融化煮玉米粥。他問我晚餐要不要吃點肉，我說我跋涉了那麼久，什麼都吃得下。他便拿出鹽醃過的岩羚肉，用奶油和紅酒在鍋裡煎。桶子裡的水煮開之後，他丟進幾把玉米粉。我們等食物上桌時，他又拿出一升紅酒喝。幾杯葡萄酒下肚，屋裡也充滿野味的濃烈氣味，我也開始覺得很自在。

布魯諾說：「我之前很憤怒，最憤怒的是我沒有人可以怪罪。所有的婁子都是我自己捅出來的，沒有人哄我騙我。我究竟想什麼？竟然想做生意？我這種人根本沒有金錢概念，我一開始就該蓋這種小房子，帶四頭牛上來養，過這種日子。」

我不說話，專心聽他說。我明白他仔細思量過，也找到他要找的答案。他說：

「你得做人生教會你的事情。也許你還小的時候可以選擇，也許可以改變人生方向。但是到了某個時間點，你就得告訴自己：『好吧，我能做這個，不能做那個。』這就是我問自己的問題，答案是什麼呢？我知道如何在山裡過活，獨自一人也過得下去。你不覺得這也挺厲害嗎？結果我到了四十歲，才明白這件事的重要性。」

我很累，又酒足飯飽，儘管我不會承認，心裡卻喜歡他這種論調。布魯諾身上向來有某種毅然決然的特質，那點很吸引我。打從我們還小，我就崇拜他始終如一和純潔無瑕。在那間我們聯手興建的小屋子，我幾乎快被他說服，幾乎要相信他。相信他過得最充實的方法，就是帶著一點食物，獨自在山上過冬，外人不必幫助他，也別去打擾他。儘管看在別人眼裡，那種生活簡直極不人道。

結果讓我擺脫這種幻想的，竟然是山岳本身。我聽到不同於屋頂砰砰聲的聲音，起初就像飛機的低吼聲，也像遠處傳來的雷聲，但是立刻變得很近，震耳欲聾，桌上的玻璃都開始搖晃。我們看著彼此，當時我就發現他和我一樣沒有心理準備，也沒比我勇敢。除了隆隆聲之外還有撞擊聲，有東西碰撞、炸開，之後聲音的頻率又減低許多。這時我們才知道山崩不在我們頭上，應該是附近。接著有越來越多東西墜落，又感覺到另一次較微弱的撞擊聲，一切又突然恢復平靜。所有物體停止搖晃之後，我們到屋外查看狀況，但是天色很黑，又沒月光，伸手不見五指。我們進屋之後，布魯諾不想再開口，我也不想說話。我們去睡覺，但一小時後，我聽到他起身，往火爐丟木柴，幫他自己倒了一杯酒。

早上走出屋子，外面天光大亮，我們發現昨晚下了整夜雪。後方陽光高照，前方的山映照得盆地白晃晃。我們立刻看出昨晚發生的變化，格雷諾主要的山峽，也就是布魯諾幾小時前才滑過的地方，留下雪崩的慘狀。上方三、四百公尺開始崩毀，那裡也是山坡最陡峭之處。傾盆而下的雪在地面留下深刻的拖痕，甚至剝開沿途的岩石，所經之處的土壤和小石子都一起被捲走。現在山峽看來就像個深色傷口，落到五百公尺之下的雪崩累積足夠力道，衝破冰凍的湖面，那一定就是我們聽到的第二聲。山峽底下已經沒有湖泊邊的軟土，只有一大片骯髒的冰、雪，就像座冰塔。烏鴉在上面盤旋，接著又棲息在冰塔上，我不知道牠們對什麼有興趣。那個景象既恐怖，又令人無法移開目光，我們什麼都沒說，有默契地走去看個究竟。

原來烏鴉正在分食死魚。小小的銀紅點鮭原本正在冬眠，卻從黑暗的水底被拋到雪地，不知道牠們是否有時間明白事發經過。那就像炸彈爆炸，從我看到的冰塊碎片看來，湖面的冰起碼有半公尺厚。底下的湖水又開始結凍，冰塊顏色深，但還算透明，就像我在秋天看到的湖水。幾隻烏鴉搶起一條魚，我覺得那畫面簡直是難以忍受的貪婪，便往前幾步，踢腳趕走鳥兒。雪上只剩下一團粉紅色肉團。

「天葬囉！」布魯諾說。

「你以前看過類似的狀況嗎？」我問。

「絕對沒有。」這件事彷彿給他留下深刻印象。

我聽到直升機接近的聲音，那天早上的天空沒有一片雲朵。溫暖的陽光一出現，格雷諾每個屋簷上的雪都開始落下，每個簷槽也都發生小雪崩，山嶺彷彿開始擺脫下個不停的雪。直升機沒看到我們就飛走，我才想到我們離羅莎山的滑雪勝地只有幾公里，那天是十二月二十七日，陽光普照，新雪紛飛。那是個適合滑雪的日子，也許直升機正在觀察交通流量。我想像自己在車陣上方，底下停車場車滿為患，餐館、飯店都出動所有人手，一刻不得休息。但是附近山脊背光坡，兩名男子站在落雪崩塌之處，附近都是死魚。

「我要走了。」我說。這是我幾週之內二度試圖離開，也是二度造訪。

「好，也差不多了。」布魯諾說。

「你應該跟我一起下山。」

「你又來了？」

我望著他，他想到某件事而微笑。他說：「我們當朋友有幾年了？」

「明年應該就滿三十年。」

「三十年來，你不都一直勸我下山？」他又補了一句：「不必擔心，這座山從未傷害我。」

我對那天早上的記憶不多，當時我很震撼，也悲傷得無法清楚思考。我記得我等不及要離開湖泊和雪崩，但是我一回到河谷，又開始享受下山的喜悅。我找到先前上山的路線，發現自己穿了雪鞋，即使碰到陡峭山坡，也能往下跳，因爲新雪不會被我踩得往下陷。事實上，坡度越陡，我越能盡情往前跳。中途我只停了一次，那是跨越河流時，因爲我想到某件事情，想加以證明。我順著積雪的河堤往下走，用雙手挖雪，積雪下就是易碎的透明冰層。我發現這層薄冰保護著水流，雖然在小徑上看不到也聽不到，但是我的河流依然在雪地底下蜿蜒流過。

後來我才知道，二〇一四年冬季，阿爾卑斯山西部的降雪量是半世紀以來最多的一次。海拔最高的滑雪場在十二月底的雪量有三公尺，一月底有六公尺，二月底則是八公尺。我在尼泊爾讀到這些數字，很難想像八公尺的雪在高山上是什麼景況。

那些雪足以掩蓋森林，也遠遠多過埋藏一間屋子。

三月某天，拉娜寫電郵來，要求我立刻去電。她說他們找不到布魯諾，他的堂兄已經去看他，但是巴馬已經許久沒人清過雪。那間小屋完全消失在雪中，就連那片岩壁也幾乎看不到。他兩個堂兄要求政府協尋，直升機載了一組救難團隊挖出屋頂。他們在屋瓦上鑽洞，以爲會看到他。有些山地居民就是這麼走的，可能因爲突然生病倒下，最後體溫過低過世。可是屋裡沒有人，最近幾場大雪之後，附近也沒有任何蛛絲馬跡。拉娜問我有沒有線索，畢竟我是最後一個見到他的人。我要他們去儲藏室找滑雪板，救難人員說那裡也沒有滑雪板。

救難團隊開始帶狗在附近搜尋，因此那一週我每天打電話去問，希望聽到新消息。可是格雷諾下了太多雪，春季即將來臨，山裡可能會發生嚴重雪崩。三月的阿爾卑斯山常發生雪崩，山裡死亡人數攀升到二十二人之後，一個在深山家中失蹤的當地男子已經引不起任何人的興趣。無論對拉娜或對我而言，堅持他們繼續尋人也沒必要了。融雪之後，自然可以找到布魯諾。夏季時，他就會出現在某個山峽，到時烏鴉會最早發現他。

「你覺得他就想這麼離開嗎？」拉娜在電話中問我。

「我不覺得。」我說謊。

「這麼多年來，你應該很了解他吧，你們互相都懂得對方。」

「希望如此。」

「因爲我有時覺得自己從不了解他。」

我自問，這世上除了我之外，誰了解他？如果我們之間的種種都被當成祕密，其中一人離世之後，這段情誼又留下什麼？

那些日子結束，城市又令人覺得難以忍受，我決定獨自上山。喜馬拉雅山的春季很美，綠油油的稻田佈滿整片河谷，上方的杜鵑也全面盛開。我不想回到熟悉的地方，也不想重溯往事，便選了我從未去過的地方，買了地圖就出發。我已經許久不覺得開心或自由。我發現自己捨棄步道，爬到山脊上，只是爲了看看另一邊有什麼。我可能毫無計畫地在某個村莊遊蕩，整個下午都在河流的池塘裡。那就是我和布魯諾在山上打發時間的方法，我認爲將來就該用這種方法保存我們的祕密。我還想到，巴馬有間屋子的屋頂有個洞，那種狀況撐不了多久。對我而言，這件事無論在時間或距離上，似乎都很久遠。

儘管我多年沒跟著父親上山，我從他身上學到，對某些人而言，有些山我們再也不會歸返。對他也好，對我也罷，有座山蘊含著我們人生的精髓，我們的人生就從那裡開始，但是我們都不能再回去。曾在高山上失去摯友的人，例如我們，餘生只能在八座山間徘徊。

方坦[43]（二〇一四—二〇一六）

謹以這個故事獻給當初惠賜我靈感的朋友，

他領我穿過無路可循之處。

我衷心感謝，

謝謝大家一開始就有信心，

謝謝眾人的護佑。

43 Fontane，作者居住的村莊名。

愛讀本 010

八座山
Le otto montagne

作　　者　帕羅・康提 Paolo Cognetti
譯　　者　林師祺
出 版 者　愛米粒出版有限公司
地　　址　台北市10445中山北路二段26巷2號2樓
編輯部專線　(02) 25622159
傳　　真　(02) 25818761

如果您對本書或本出版公司有任何意見，歡迎來電

總 編 輯　莊靜君
特約編輯　金文蕙
印　　刷　上好印刷股份有限公司
電　　話　(04) 23150280
初　　版　二〇一九年(民108)九月十日
定　　價　360元
總 經 銷　知己圖書股份有限公司　郵政劃撥：15060393
(台北公司) 台北市106辛亥路一段30號9樓
電話：(02) 23672044 ／ 23672047
傳真：(02) 23635741
(台中公司) 台中市407工業30路1號
電話：(04) 23595819
傳真：(04) 23595493
法律顧問　陳思成
國際書碼　ISBN：978-986-97892-2-6　CIP：877.57 / 10801156

因為閱讀，我們放膽作夢，恣意飛翔——

在看書成了非必要奢侈品，文學小說式微的年代，愛米粒堅持出版好看的故事，讓世界多一點想像力，多一點希望。

愛米粒 FB

填回函雙重贈禮
①立即送購書優惠券
②抽獎小禮物